Herbstzeichen der Liebe

Freundschaften, Beziehungen und andere Wegbegleiter

Erika Maaßen

Dorante Edition

Herbstzeichen der Liebe

Freundschaften, Beziehungen
und andere Wegbegleiter

Erika Maaßen

Bibliografische Information durch die Deutsche Nationalbibliothek: Die Deutsche Nationalbibliothek verzeichnet diese Publikation in der Deutschen Nationalbibliografie; detaillierte bibliografische Daten sind im Internet über http://dnb.d-nb.de abrufbar.

herausgegeben durch das Literaturpodium, Dorante Edition
Berlin 2016, www.literaturpodium.de
ISBN 9783741274220

Foto auf der Vorderseite: Marko Ferst (Klostergarten Jerichow)

Alle Nachdrucke sowie Verwertung in Film, Funk und Fernsehen und auf jeder Art von Bild-, Wort-, und Tonträgern sind honorar- und genehmigungspflichtig. Alle Rechte vorbehalten. Das Urheberrecht liegt bei der Autorin.

Herstellung und Verlag: BoD – Books on Demand, Norderstedt

„Schreib! Sei es einen Brief oder ein Tagebuch oder Notizen, während du telefonierst – aber schreib! Schreiben nähert uns Gott und unserem Nächsten. Wenn du deine Rolle in der Welt besser verstehen willst, dann schreib. Versuche deine Seele ins Schreiben zu legen, auch wenn niemand es liest, oder, was schlimmer ist, jemand es liest, obwohl du es nicht wolltest. Der einfache Akt des Schreibens hilft uns, die Gedanken zu ordnen und klar zu sehen, was uns umgibt. Ein Stück Papier und ein Kugelschreiber können Wunder bewirken – Schmerzen heilen, Träume in Erfüllung gehen lassen, verlorene Hoffnung wiederbringen.
Im Wort liegt Kraft."

Paulo Coelho

Ein Stückchen Papier

Gedanken
ein Echo aus ferner Zeit
festgehalten
auf einem
Stückchen Papier

Gedreht
gewendet
geprüft
mit Worten belegt
gedeutet
erklärt
sich selbst befragt

Ein Stückchen Papier
von Tränen durchtränkt
mit Schwärze
der Trauer gefärbt
mit bebenden Händen
Flammende Worte
der Rechtfertigung
der Schuld
der Reue
eingefangen
zu Papier gebracht

Ein Stückchen Papier
bleischwer
von Gedanken

Leicht der Kopf
das Herz

Schreibend befreit

Erwarte kein Verständnis von anderen ehe du dich selbst verstehst

Liebe Petra 05.05.2012

Ja, heute wieder mal ein Brief an dich!
Wir waren in Dirty Dancing. Du sagtest mir unterwegs, dass du endlich Zeit hattest, den Anfang meines neuen Buchentwurfs zu lesen. Anordnung und die Texte gefielen dir.
Aber ich merkte, dich störte etwas. Auf mein Drängen gabst du es zu. Ob es mir denn so wichtig sei, immer wieder in der Vergangenheit zu wühlen, statt im Hier und Jetzt zu leben.
Spontan dachte ich, Recht hast du, lass doch alles ruhen! Und dann? Ich überlegte: Obwohl ich meine Vergangenheit durchsuche, lebe ich doch inzwischen intensiv und mit viel Freude im Jetzt. Selbst manches von damals amüsiert mich.
Du weißt doch, ich schrieb überhaupt erst ab meinem zweiundsechzigsten Lebensjahr, und nur *weil* ich Probleme hatte. Schon lebenslang wusste ich, dass ich nie richtig glücklich sein konnte. Ich war so anders. Hielt mich für absonderlich. Hoffte manchmal, wäre doch alles vorbei. Vermutete jahrelang, mehr Frauen zugetan zu sein. Ahnte nicht, was mit mir nicht stimmte. Empfand zwar alles bedrückend, aber für mich „normal". So eine wie ich, immer als Versagerin hingestellt, musste sich mit ihrem Leben zufrieden geben. Versuchte mich im Jetzt einzurichten. Klarzukommen.
Bis ich durch das Schreiben immer öfter stutzte. Und eines Tages einen Zusammenbruch hatte. Du erinnerst dich ja bestimmt noch! Und nach und nach, wie bei einem Puzzle, sich eins zum anderen fügte.
Las zu dieser Zeit das Buch von Maria Nurowska *Der russische Geliebte*. Treffender hätte ich meine Gefühlswelt nicht selbst beschreiben können. Unkenntnis, was Liebe sein könnte. Hilflos, panisch nur schon bei diesem Wort!
Dieser Prozess geht nun schon Jahre. Und ob du es glaubst oder nicht, es ist nicht immer die gleiche trübe Brühe, die ich ununterbrochen umrühre. Immer wieder kommt noch nicht Erkanntes und Verarbeitetes hinzu.

Es gibt sicher viel schlimmere Schicksale, aber meines genügte, um nie ein normales Leben führen zu können. Und man hat doch nur eins!

Kein normal lebender Mensch – und ich hoffe, das bist du? – kann sich die Folgen von Missbrauch auf verschiedene Art vorstellen, ohne es selbst erlebt zu haben.

Ich sagte zum Beispiel immer zu meiner Freundin Sonja: „Eins weiß ich, missbraucht wurde ich nie! Das wüsste ich ja!"

Jahre später erinnerte ich mich in einer Ausnahmesituation daran. Erkannte, dass Missbrauch auch oral sein konnte, psychisch oder was es sonst so gibt. Etwas außerhalb meiner damaligen Vorstellung. Trotz aller biologischen Aufklärung war ich auf psychischem Gebiet unbedarft. Doch unvorstellbar dieser Zwiespalt zwischen lieben wollen und Ekel. Es hat mich fast zerrissen!

Ekel vor allen Männern, bis ich Henning kennenlernte. Durch ihn und unsere Gespräche, gleichzeitiger Therapie, durch Aufarbeiten von Diffusem, gewann ich langsam Boden unter den Füßen. Zweiundsechzig Jahre Leben außerhalb der Norm, unter ständigem seelischem Druck, kann man nicht einfach abschütteln. Das zu verstehen muss erarbeitet werden.

Ich wundere mich heute, dass ich alles ohne schlimmere Folgen überstanden habe. Kenne ja einige in ähnlicher Situation, die in einer Klinik gelandet sind oder in betreutem Wohnen oder zu leben aufgegeben haben. Und du weißt doch, wie viel Freude mir das Leben heute macht, oder?

Doch Rückfälle, über die ein „normaler" Mensch sicher lachen würde, lassen mich verzweifeln. Mich hat ja noch **nie** jemand gemocht, die Reaktion.

Es dauert dann, wieder Vertrauen zu erlangen. Und trotzdem ziehe ich mich nie wieder ganz zurück. Will das Ziel, das ich erreicht habe, immer wieder neu anstreben und verteidigen.

Sisyphos
unermüdlich
strebst du

Kopfschüttelnd
beobachte ich dich

Fasziniert

Weil ich gefangen bin
wie du?

Flickwerk

Wieder einmal bezeichnend meine Überschrift! Um mich vorzustellen möchte ich hinzufügen: Geboren im Zeichen des Zwillings.
Etwas beginnen und anschließend etwas ganz anderes vollenden. Tausend Ideen, aber die 1001ste in Angriff nehmen. Unrast, Unbeständigkeit ... und dann, zu meiner eigenen Überraschung, doch etwas geschafft. Geschaffen?
Gott sei Dank heute alleine lebend, kann ich mein Chaos akzeptieren, kultivieren und genießen. Das nur funktionieren der vorausgegangenen Jahre habe ich endlich hinter mir gelassen.
Kommt dir manches Flickwerk, zum Beispiel Patchworkarbeit oder ein Schottenrock, nicht viel interessanter vor als langweilig gut Sortiertes? Lockt es nicht stärker zum intensiven Betrachten als stete Harmonie und Monotonie? Immer Neues und Überraschendes freigebend. Ich liebe mein Flickwerk und das der anderen.
Habe meine Biografie geschrieben. Enkelin Hannah hatte es angeregt. Und als eine Schleuse geöffnet war, quoll es ununterbrochen. Was ich zuerst nur andeutete, verschleierte, aufs Äußerste verkürzte, wollte nach dem Erscheinen meines Buches immer weiter heraus quellen. Und auch die Neugier der Leser verlangte nach mehr. Und so schrieb ich weiter.

Osterspaziergang
Kein einziges Ei fand ich
Nur Laub vom Vorjahr

Eine Osterüberraschung

Vor vielen Jahren legte mir der Osterhase eine besondere Überraschung ins Nest.
Ostermontag kam ich gut gelaunt von einem Besuch zurück. Auf dem Anrufbeantworter fand ich etwas Verblüffendes. In breitestem Sächsisch begrüßte mich mit fröhlicher Stimme „Onkel Leo". Es klang für meine Ohren verdächtig, der Dialekt unecht. Er hinterließ seine Telefonnummer mit der Bitte, ihn doch zurückzurufen.
Meine beiden Großelternpaare hatten nur weibliche Nachkommen, mein Vater war die Ausnahme. Es konnte also unmöglich sein, dass ich gemeint war, obwohl die Heimat meines Opas mütterlicherseits Wurzen in Sachsen war. Aber wir hatten mit niemand dort Kontakt.
Nun hatte ich aber diese Telefonnummer und fand es korrekt, am nächsten Tag zurückzurufen. Nach den ersten vier Ziffern die Ansage: Kein Anschluss unter dieser Nummer.
Die Angelegenheit war für mich erledigt. Denn wie viele andere bekomme auch ich oft Anrufe, bei denen sich niemand meldet oder unangenehmen Inhalts. Deshalb reagierte ich ein paar Tage später entsprechend, als „Onkel Leo" wieder anrief. Da ich diesmal mehr von seiner Aussprache mitbekam, war für mich klar, dieser Dialekt ist gekünstelt. So sächsisch spricht doch kein Mensch!
„Hast du meinen Anruf nicht erhalten?"
„Doch, aber die angegebene Nummer stimmt nicht. Ich konnte deshalb nicht zurückrufen. Ich bin nicht die, die Sie anriefen."
„Du bist doch die Petra?"
Ich stutzte, denn meine Tochter heißt tatsächlich Petra. Auch der Familienname stimmt – bis zu ihrer Heirat. Aber vorsichtig, weil allein wohnend, sagte ich nur: „Nein."
„Lebt denn der Peter noch?"
Jetzt wurde es mir langsam mulmig. Ich gab nur ein weiteres kurzes

„Nein" von mir. Mein Mann Peter war noch nicht lange tot. Da wollte mich offensichtlich irgendwer mit verstellter Stimme auf den Arm nehmen. Jemand, der von meinen Familienverhältnissen einiges wusste. Oder auskundschaften wollte.

„Oh, das tut mir leid. Sind denn noch mehr gestorben? Soll ich die Kiste endlich schicken?"

Jetzt wurde es mir zu makaber. Hier hört der Spaß auf! Ich verlor endgültig die bis dahin mühsam bewahrte Fassung. Ich antwortete höhnisch mit Grabesstimme: „Ja, alle sind tot. Ich habe sie alle ausgerottet. Du kannst mir die Kiste schicken. Wir stecken sie alle da rein und verscharren sie!"

Ich merkte, meine Stimme wurde am Ende des Satzes immer schriller. Erbost warf ich den Hörer auf die Halterung. Furcht überkam mich, der Terror könnte noch weiter gehen. Es dauerte nur ein paar Minuten, bis das Telefon wieder schrillte. Ich kämpfte mit mir: Soll ich, soll ich nicht? Aber meine Neugierde siegte. Und es konnte ja auch jemand anderes sein. Doch wütend, ohne meinen Namen zu nennen, sagte ich sofort: „Wenn das wieder der gleiche Idiot von vorhin ist, verbitte ich mir jede weitere Störung!"

Ja, es war wieder „Onkel Leo", nur nicht mehr fröhlich, sondern verzweifelt klingend.

„Ja, bin ich denn vielleicht an die falsche Adresse geraten?"

So war es, stellte sich heraus. Seines Bruders Adresse – gleicher Vor- und Familiennamen meines Mannes – hatte er verlegt. Dieser Bruder hatte wiederum einen Sohn gleichen Namens und dessen Frau hieß Petra. Die Telefonnummer erhielt „Onkel Leo" bei der Auskunft. Der Kölner Dialekt klingt wahrscheinlich für sächsische Ohren genau so exotisch wie sein sächsisch für mich. Da mir oft gesagt wird, auf dem Anrufbeantworter klinge meine Ansage wie die verrostete Stimme einer Krähe, hielt er sie wohl für die seiner Nichte Petra.

Er setzte die Vorwahl als selbstverständlich bekannt voraus, und erwähnte sie in seiner Nachricht nicht. Ich erfuhr, dass er aus Wurzen in Sachsen anrief. Er ist gleich alt wie ich und will im Herbst noch einmal mit mir telefonieren, wenn er, wie verabredet, seinen Neffen in Köln besucht. Meine Nummer hätte er ja nun. Dann kann ich auch meine Neugierde über die rätselhafte Kiste befriedigen.

Bei einem späteren Gespräch erfuhr ich, „Onkel Leos" Frau war vor einiger Zeit gestorben, und er verkaufte sein zu großes Haus. Eine Kiste voll Nachlass war für seinen Neffen bestimmt.

Ich lernte Onkel Leo nie kennen. Ich vermute, sein Neffe war über späte Abenteuer seines Onkels nicht erfreut. Denn als Onkel Leo aus Köln anrief, unterbrach er unser Telefonat mehrmals mit Zwischenrufen. Hatte er Angst um sein Erbe? Doch durch ihn wendete sich bald darauf mein Leben.

Steckbrief Peter

Gesichtsausdruck
gutmütig
humorvoll
grün-braune Augen

Figur
breitschultrig
Hüfte schlank
stets gut gekleidet

Charakter
sparsam
kinderlieb
lehrerhaft
will Recht haben
immer
tags darauf einsichtig

Buchhalter
durch und durch
doch nachgiebig
mir gegenüber
ich habe es nicht so mit Zahlen

Flexibel
noch in hohem Alter
lässt mir Freiheit
erhält dafür Treue

Dreiunddreißig Jahre

Meine Ehe mit Peter verlief überwiegend glücklich. Ich hatte ihn als „junges Mädchen" während einer Kur kennen gelernt. Damals war er noch verheiratet, seit 1931 in erster Ehe. Ein Jahr später wurde ich erst geboren.
Im zweiten Weltkrieg war er Soldat, zeitweise in Russland. Wie er mir erzählte, eckte er durch sein unbekümmertes Wesen oft an. Führte nicht alle Befehle korrekt aus. Sang eines Nachts an russischer Front mit Blick zum Sternenhimmel: *Steht ein Soldat am Wolgastrand* ...und wurde zur SS strafversetzt. Auf seinem Arm sollte eine Nummer tätowiert werden. Stattdessen ließ er sich flott ins Krankenhaus einweisen und alle Zähne ziehen.
Zuerst verhalf er noch einem jüdischen Richter aus Köln zur Flucht. Ohne an eventuelle Folgen für sich selbst zu denken. Er war also kein Held, nicht mal ein „guter Soldat". Handelte oft nur unüberlegt und naiv.
Ich war die erste, der er in Bad Harzburg von diesen Erlebnissen erzählte. Hatte nicht einmal mit seiner Frau darüber sprechen können, weil sie schwer herzkrank war. Er wollte sie nicht aufregen.
Mit uns fing es an, wie in einem Kitschroman. Als eifrige Angestellte der Allianz-Versicherung bot man mir zum Dank für meinen Fleiß einen frei gewordenen Platz im eigenen Ferienhaus im Harz an. Eigentlich ein Kuraufenthalt für ältere, verdienstvolle Mitarbeiter, wie ich später erfuhr. Vier Wochen einschließlich Fahrt wurden bezahlt. Man entschuldigte sich, kein Taschengeld zahlen zu können. Wegen der vielen Entbehrungen in der Nachkriegszeit musste ich dieses Angebot einfach annehmen.
Mein Vater brachte mich am 5. Februar 1955 zum Zug. Ich war froh, den häuslichen Missverhältnissen entfliehen zu können. Hatte aber panische Angst vor allem Unbekannten. Man hielt mich zu Hause noch wie ein unmündiges Kind, zusätzlich ferngehalten von allen männlichen Wesen.
Anfangs saß ich allein im Abteil. Sechs Stunden Zugfahrt, zu schüchtern aufzublicken. Bemerkte nicht den älteren Herrn, der schon an der nächsten Station, Düsseldorf, zugestiegen war. Ich las einen Krimi, der mich hoffentlich unsichtbar machte. Irgendwann

stiegen polternd noch vier Jäger dazu, wie ich an einem schnellen Blick an Kleidung und Gewehren erkannte.

Mein Ziel, Bad Harzburg, war Endstation. Außer der Adresse hatte ich keine weiteren Informationen. Nahm also am Bahnhof eine Taxe, auch auf die Gefahr, schon dem Ziel nahe zu sein. War zu ängstlich zu fragen.

Doch die Fahrt ging vom Ort immer weiter aufwärts, Richtung dichter werdendem Wald, nur noch vereinzelte Häuser.

Das Ferienquartier lag als letztes in der Burgstraße am Waldrand. Erinnerte mich gleich an Heidi von Johanna Spyri, einem meiner Lieblingsbücher der Kinderzeit. Eine mir unbekannte Kollegin aus Köln bat man vor Antritt ihrer Kur, sich ein wenig um mich zu kümmern, erfuhr ich bei meiner Ankunft.

Sie wirkte auf mich wie eine alte Frau, schwarz gekleidet, behäbig. Ich war enttäuscht. Hatte gehofft, durch sie Anschluss zu finden. Sie brachte mich zu meinem Zimmer.

„Sie können auspacken und vor dem Abendessen in die Vorhalle kommen, wo sich alle treffen", sagte sie.

Abends ging ich nach unten. Stellte fest, außer mir waren hier nur alte Leute. Unglücklich stand ich da, als plötzlich einer der Männer freudig auf mich zu kam.

„Wie, Sie auch hier? Wir kennen uns doch aus dem Zug!"

Irritiert sah ich ihn an. Erschrocken, weil mich ein Mann ansprach. Er merkte, dass ich keine Ahnung hatte, was er meinte.

„Ich bin doch in Düsseldorf zugestiegen. Haben sie mich nicht gesehen?"

„Nein, ich habe gelesen."

Lachend sagte er: „Ich dachte, da kommt ein Mädchen aus einem Internat und fährt nach Hause. Nach dem Essen kommen Sie ja sicher auch in den Aufenthaltsraum?"

Er nahm sich meiner in den vier Wochen liebevoll an.

Schon am ersten Abend änderte sich das Wetter, Regen ging in Schnee über, der die ganzen vier Wochen liegenblieb. Alles wie in Watte gebettet.

Herr Maaßen achtete darauf, dass ich mich warm anzog, im Schnee nicht zu weit am Abgrund lief. Hatte Sorgen, als ich einmal nicht zum Mittagessen erschien. Im hüfthoch gefallenen Neuschnee hatte ich mich verlaufen. Jetzt sollte ich lieber nicht mehr allein wandern. Er schirmte mich auch vor einem Kollegen mittleren Alters aus München ab, den ich nicht ertragen konnte. Ständig stieg er mir Operettenlieder trällernd im Haus hinterher. Er nervte mich.

Herr Maaßen, mein „Betreuer", war fast immer gut gelaunt, erzählte abends einen Witz nach dem anderen. Ich sollte währenddessen Getränke aus der Kantine besorgen. Bis sie feststellten, dass mir auch derbe Witze nicht fremd waren. Denn auch das lernte man im Büro.

Zu den Mahlzeiten mussten wir pünktlich erscheinen, zehn Uhr abends hatten wir bis auf genehmigte Ausnahmen auf den Zimmern sein.

Deshalb organisierte ein Kollege Kegelnachmittage. An einem Abend gingen wir drei Köln/Düsseldorfer mal zusammen ins Kino. Wäre beinahe schief gelaufen. Ich hatte keinen Ausweis mit. Man glaubte mir nicht, dass ich schon achtzehn Jahre sei. Dabei war ich dreiundzwanzig! Weil die „Erwachsenen" für mich eintraten, durfte auch ich in die Vorstellung.

Nach vierzehn Tagen begleiteten Herr Maaßen und ich die Kölnerin zum Zug. Ihre Zeit war um. Neue Kollegen kamen im vierzehntägigen Rhythmus.

Auf dem Rückweg blieb Herr Maaßen stehen, nahm mich in die Arme und küsste mich. Ich war starr vor Schreck. Ich mochte ihn ja sehr, und er roch immer so frisch nach einem Rasierwasser, aber mich küssen? Nein!

Also doch ein Mann wie alle. Die erste Gelegenheit nutzen. Die Erfahrung machte ich schon oft im Büro. Doch meine Furcht war unbegründet. Wir blieben die letzten zwei Wochen zusammen. Obwohl er verheiratet war und außerdem schon ein „alter Mann", war uns bang vor der Trennung.

Stumm, mit ineinander verschränkten Händen, saßen wir uns auf der Rückfahrt gegenüber.

Sieben Jahre blieb ich Erika und er der Herr Maaßen. Ich in Köln, er in Düsseldorf. Wir schrieben uns Briefe, telefonierten, natürlich auch beruflich. Ab und zu trafen wir uns, wenn er dienstlich nach Köln musste. Auch manchmal einfach so.

Ich konnte ihn aus sicherer Entfernung gern haben. Er war ja verheiratet. Denn ich ängstigte mich immer noch vor allen Männern. Spürte undefinierbare Gefahr. Und dennoch: Er wurde später „mein erster Mann".

1962, kurz vor Weihnachten starb seine Frau. Er wollte seine Tante in Köln besuchen. Auf der Fahrt dorthin plante er, auch mich und meinen damaligen Mann wiederzusehen, der ihn vor Jahren unbedingt kennen lernen wollte. Denn ich widerstand allen Versuchen Kurts, Herrn Maaßens Briefe zu verbrennen, den Kontakt abzubrechen.

Als er uns nicht antraf, gab ihm meine Nachbarin den Rat, es in der Wohnung meiner Eltern zu versuchen. Kam ihm schon seltsam vor. Die Adresse war ihm bekannt.

Meine Eltern waren in der Stadt, als er mich dort antraf. Tränen überströmt trat ich ihm entgegen. Sagte, ich hätte vor ein paar Tagen die Scheidung eingereicht.

Auf Drängen meines Arztes fuhr ich zur Kur. Er merkte schon seit Jahren, dass mit mir etwas nicht stimmte. Ich sprach auf kein Beruhigungsmittel an, magerte ab, war ein Nervenbündel. Aber aus Angst vor meinem Mann hatte ich immer wieder gelogen.

„Alles OK", antwortete ich ständig auf seine Fragen.

Als meine gesundheitlichen Probleme beängstigend wurden, machte er Druck. So ginge es nicht weiter, sagte er energisch. Die Kur wurde sofort bewilligt. Um Bernd, unseren Sohn, könnten sich meine Eltern kümmern, beschloss er. Das würde er veranlassen. Alles andere müsste mir jetzt gleichgültig sein, erst mal wieder gesund werden.

Ende November brachte ein älterer Kollege mich mit meinem Koffer zum Zug. Ziel, ein Ort bei Lippstadt. Als Seelentröster brachte er mir noch eine große Schachtel Pralinen mit. Die leere Schachtel habe ich heute noch als Andenken. Der Kollege ist schon lange tot. Aber auch während der Kur hatte ich keine Ruhe.

Mit finanzieller Hilfe meiner Schwiegermutter kauften wir vor kurzem einen VW. Jedes Wochenende erschien nun mein Mann. Erzählte Horrorgeschichten. Zum Beispiel, man hätte ihn aus dem Graben ziehen müssen, in den er im Glatteis gerutscht sei. Er sei ohne Benzin auf der Straße liegen geblieben. Er hätte mit meinen Eltern Streit, usw. Er hatte eine rege Fantasie, um mich gefügig zu machen, damit ich nach Hause käme.

Er nahm im Kurort ein Zimmer. Dann wollte er mich zwingen, sofort mit ihm nach Hause zu fahren. Zerrte mich ins Auto. Erst in der nächsten Kleinstadt ließ er sich überreden, mich zurück zu bringen. Denn eine abgebrochene Kur hätte ich selbst bezahlen müssen. Das konnten wir uns schon aus diesem Grund nicht leisten.

Er fuhr noch in der Nacht nach Hause, um am nächsten Wochenende wieder zu erscheinen. Wieder mietete er sich in einer Pension ein. Ich nahm ihn zu einem Kegelabend im Kurhaus mit, wo sich alle Gäste unserer Unterkunft trafen. Obwohl er sah, wie nett und harmlos alles war, gab es anschließend wieder Streit. Er raffte seine Sachen zusammen, raste nachts wieder nach Köln.

Ich kam also auch dort nicht zur Besinnung. Ich überlegte, ob ich mir das weiter antun musste. Doch wie mich trennen? Ich war im Wesen immer noch das unselbstständige hilflose Kind. Meine Eltern wären für mich keine Unterstützung.

Aber dann ergab sich alles von selbst. Ich hatte aus Angst nach Hause zu kommen, eine junge Frau meines Alters eingeladen. Sie wollte auf ihrer Heimfahrt am Wochenende einen Tag bei uns verbringen, und erst am Sonntag weiter fahren. Wenn mich das auch auf Dauer nicht rettete.

Am nächsten Montag war Weihnachtsfeier der Allianz-Versicherung. Mein Chef, der schon lange merkte, wie bedrückt ich war, besorgte für meinen Mann auch eine Eintrittskarte. Wie befürchtet ging er nicht mit. Lauerte mir auf dem Heimweg in der Dunkelheit auf, zerrte mich ins rollende Auto. Vor unserer Haustür flüchtete ich zu meiner Nachbarin.

So hatte er zwei hilflose Frauen, die er verprügelte. Das war für mich das Ende meiner Ehe. Ich ging zu unserem Hausarzt und sagte ihm endlich die Wahrheit. Er stellte mir ein Attest aus und schrieb mich krank. Ich fragte einen Kollegen um Rat, was ich nun machen müsste. Er gab mir die Adresse eines Anwalts unserer Versicherung.

Ich regelte vorher noch einiges Finanzielle. Denn ich wusste genau, mein Mann würde keine Rechnungen mehr bezahlen, wenn er von meiner Absicht erfuhr, ihn zu verlassen. Das Geld hätte er anders verschwendet.

Mein Arzt wollte meine Eltern aufklären. Telefon hatten zu dieser Zeit erst wenige. So kamen mein Vater und mein Schwager mich noch spät abends abholen, inzwischen nur mit Nachthemd bekleidet und einen Mantel übergeworfen. Mein Arzt hatte vorgeschlagen, erst mal zu meinen Eltern zurückzukehren.

Das alles spielte sich kurz vor Weihnachten ab.

Heiligabend verlief dramatisch. Meine Nachbarin, im fünften Monat schwanger, kam im Schneegestöber zu Fuß die drei Kilometer zu uns mit der Nachricht, mein Mann wolle sich etwas antun. Er hätte die Autoschlüssel abgegeben und Tabletten geschluckt.

Wir verständigten die Polizei. Wieder war alles gelogen. Er hatte angeblich nur eine Tablette zum Einschlafen genommen. Wir erfuhren, dass er noch an den Weihnachtstagen nach Kärnten fuhr, um seine Oma nach Köln zu holen.

Eine liebe, warmherzige Frau. Sie hatte mich schon auf unserer Hochzeitsreise gewarnt: „Wenn du es mit Kurt nicht aushältst, kannst du zu uns kommen. Bei uns hast du mit Bernd immer ein zu Hause."

Doch seine Oma musste unverrichteter Dinge zurück fahren. Für mich gab es keine Versöhnung. Ob sie nicht gesehen hatte, dass sein rührseliges Märchen vom geschmückten Baum und Geschenken, wie seine Oma mir aus Kärnten schrieb, nur eine Lüge war? Denn den Baum aus Österreich fand ich im Mai noch im Netz verpackt im Keller, als ich endlich meine Wohnung wieder betreten konnte.

Ich hatte ihn richtig eingeschätzt. Er hätte mir das alles nie verziehen. Wie es mir auch die Zeit danach bewies. Verfolgung, Mord- und Selbstmorddrohungen, Rufmord, leben auf meine Kosten. Um unseren Sohn kümmerte er sich nie. In dieses Chaos geriet nun also Peter.

Er kümmerte sich im neuen Jahr rührend um uns beide. Brachte meinen fünfjährigen Bernd und mich auf andere Gedanken. Besonders, als er mitbekam, wie meine Eltern eingestellt waren. Sie hatten nur Sorgen, was die Nachbarn sagten, und wollten mich wieder zurückschicken. Obwohl sie eine Prügelei in ihrer eigenen Wohnung miterlebt hatten, war ihnen mein Wohl gleichgültig.

Jedes Wochenende kam Peter zu uns oder holte uns nach Düsseldorf. Er fragte mich nach meinen Zukunftsplänen. Ob ich später wieder heiraten wolle.

„Nein, aber ganz bestimmt nicht! Ich bin froh, wenn ich diese Ehe hinter mir lassen kann!"

Das war meine feste Überzeugung.

Im März 1963, drei Monate später, wurde ich schon geschieden. Margot, Peters Schwester, sorgte sich.

„Wie mag es Peter gehen? Ich höre so selten vom ihm. Muss mal nach ihm sehen."

Als wir samstags an einem Herbsttag in Düsseldorf ankamen, stand sie vor seiner Wohnung. Sie begrüßte uns herzlich. Sah meinen Bernd an, dann Peter, und ihr war alles klar. So erzählte sie uns später. Obwohl sie sich irrte.

Margots vier Kinder waren nur wenige Jahre jünger als ich. Ich war gerade dreißig Jahre geworden.

Ich fühlte mich in dieser aufgeschlossenen Familie sofort wohl. Margot erzählte mir lachend, Peter ein paar Mal verkuppeln zu wollen. Natürlich seinem Alter entsprechend. Er ließ sie immer abblitzen.

„So was Altes ist nichts für mich", behauptete er bei ihren Vorschlägen ständig.

„Alter Knacker, was erwartest du denn noch?" gab sie ihm beleidigt Kontra.

Sie wusste ja nicht, er hatte schon jemanden. Mich.

Wir wollten am Ende seiner Trauerzeit heiraten. Ich hatte am Hochzeitstag nur einen Wunsch, mindestens zehn gute Jahre mit ihm zusammen zu leben. Doch es wurden dreiunddreißig Jahre. Zu meinem Sohn bekamen wir 1964 noch ein gemeinsames Mädchen, Petra.

Margot und ihr Mann Karl besuchten uns nach Petras Geburt in Köln. Margot sah in den Kinderwagen, und stellte fest: „Genau wie Bernd!"

Ihr Verdacht bestätigte sich: Beide Kinder sind von Peter! Aber ich wusste es ja besser. Doch sie blieb bei dem, was sie sah. Blaue Augen, rotblonde Haare, Hautfarbe, alles bei beiden Kindern gleich. Von meiner Tante Erna erfuhr ich, dass ihre Oma aus Masuren solch rote Haare gehabt hatte.

Vier Jahren blieb ich Zuhause, bis Peter pensioniert wurde. Ich ging ab dann jeden Tag vier Stunden in eine Versicherung, die auch Halbtagskräfte einstellte. Und Peter hatte mit seiner Kleinen Beschäftigung. Er hatte nur noch den Wunsch, so lange zu leben, bis Petra zur Schule kam. Doch er erlebte noch viel mehr. Er konnte sich sogar über die Geburt seiner ersten Enkelin Hannah freuen.

Er liebte Kinder schon immer, und die Kleine ihn auch. Sie sah den Opa nur an und ihr Protestgeschrei verstummte. An seinem Sterbetag machte sie die ersten Schritte.

Ich sehe es noch wie heute, Hannah! Du stelltest dich auf, spreiztest die Arme, bewegtest die Hände wie beim Ententanz, der damals Mode war und machtest die ersten Schritte. *Als ob du uns aufheitern wolltest. Oder übernahmst du das erste Mal Verantwortung? Ein Wesenszug, den du später noch oft zeigtest.* Du hast beobachtet, dass immer alles gerecht und zur allgemeinen Zufriedenheit ablief. Du warst Miriam, deiner jüngeren Schwester, ein zweites Mütterchen.

Als die gerade Einjährige kurz nach Opas Tod wieder in meine Wohnung kam, gingen ihre Augen suchend rundum. Sie spürte offensichtlich, etwas war anders.

Achtundachtzig Jahre wäre Peter in seinem Sterbejahr 1992 geworden. Mit sechzig Jahren im Sommer wäre mein Ziel erreicht, hätte in Rente gehen können. Hätte mehr Zeit für ihn gehabt.

Am Neujahrstag stürzte Peter in der Wohnung. Von einer notwendigen Operation erholte er sich nicht mehr. Er bekam eine Lungenentzündung und starb noch im Januar.

Tage später erfuhr ich, ich würde zum zweiten Mal Oma. Ich hatte es schon geträumt.

Mein Chef riet mir, nicht wie geplant nach Peters Tod sofort in Rente zu gehen. Er schlug vor, noch zwei Jahre länger zu arbeiten. So sei die Umstellung auf alleine zu leben leichter. Bald würde unsere Datentypistinnen-Abteilung sowieso nicht mehr bestehen. Denn jeder Arbeitsplatz bekäme dann einen eigenen Computer. Ich überlegte nicht lange, weil ich gern ins Büro ging. Die zwei Jahre verflogen schnell.

Ich gewöhnte mich ans Alleinsein und freute mich auf mehr Freizeit. Zukunftsängste hatte ich keine. Aber auch keine besonderen Pläne. Ich war zufrieden mit meinem Leben. Doch ich hätte auch ohne Bedauern Abschied nehmen können. Die Kinder waren versorgt, ich hatte die Geburten meiner Enkelinnen erlebt, mein Mann tot, was konnte das Leben mir noch geben? So richtig vermissen würde mich wohl niemand.

Ein oder auch zwei Tage in der Woche betreute ich meine Enkelinnen. Es waren schöne Jahre. Sie um mich zu haben, zu beobachten, wie sie sich entwickelten. In eine ganz andere Zeit geboren. Wenig Verantwortung hatte ich. Konnte nur Oma sein.

Schrieb viele Briefe
Nur im Kopf, nicht auf Papier
Will mich jetzt bessern

Mein zweites Leben

Ein Jahr nach Peters Tod las ich in unserem Stadtanzeiger einen verzweifelt-lustigen Beitrag einer Rentnerin. Ihr Mann lebte schon seit vielen Jahren nicht mehr. Sie hatte Pläne für ihr Leben ohne ihn gemacht, die sie dann alle nicht durchführte. Sie wusste nichts Rechtes mit sich anzufangen außer öfter zu reisen. Flucht vor der Einsamkeit, merkte ich später. Sie empfand so ganz anders als ich. Ich musste lachen. Spontan nahm ich mir vor: Der schreibst du mal.

Tja, da fingen meine Probleme an. Ich fand die Adresse im Telefonbuch sofort. Doch sie anrufen ging aus meiner Sicht nicht, wäre ein Eindringen in ihre Privatsphäre. Schreiben wäre eine Möglichkeit. Doch schreiben wollte ich nicht. Meine Gedanken gingen niemand etwas an. Schon in der Schule schrieb ich nur das Notwendigste.

Klingt sicher seltsam, wie ich mich verhielt. Menschenscheu. Weil ich mich anfangs äußerte, mich im Büro zwischen zahlreichen Frauen so wohlzufühlen.

Doch das Computerzeitalter hatte begonnen, wir lebten wie unter einer Käseglocke. Die Folgen dieser Technik war noch nicht klar. Die Vorsicht bei den Vorgängern, den ersten keinen Lochern war ungefährlich.

Wir wurden anfangs zu strengster Geheimhaltung angehalten. Unsere Datenverarbeitung hatte nur unumgängliche Kontakte mit Kollegen der anderen Abteilungen. Immer der gleiche Bote brachte uns die Hauspost. Nach Feierabend ging jede in ihr Leben zurück. Dienstliches sollte draußen tabu sein.

Für unsere Datentypistinnen bereitete ich Jahre später die Arbeitsunterlagen vor. Mit fast allen zwölf Frauen verband mich ein freundschaftliches Verhältnis. Wir trafen uns auch privat oft. Mit einer Kollegin war ich dreißig Jahre befreundet, obwohl sie schon lange in eine andere Abteilung versetzt worden war.

Von September bis Dezember kämpfte ich mit mir. Dann dachte ich, eine Weihnachtskarte könnte ich der Unbekannten doch schreiben, oder?

Erst als Vorsatz fürs neue Jahr schrieb ich ihr endlich. Kurz nur, ihr Beitrag hätte mich erheitert. Eine Antwort ließ auf sich warten. Ich bereute, die Karte abgesandt zu haben.

Wochen später rief sie an. Auf der Flucht vor den Weihnachtstagen war sie in Urlaub gefahren. Erst als sie sich zu Hause wieder eingelebt hatte, öffnete sie ihre Post. Ich bekäme als erste von ihr eine Antwort, sagte sie. Seltsam! Reisen sei ihr Hobby. Vielleicht könnten wir zusammen mal etwas unternehmen?

Ich reise mit Familie früher gern, doch inzwischen entfernte ich mich selten länger von zu Hause. In der Weihnachtszeit schon gar nicht. Das war mir meine liebste Zeit. Basteln, backen, Geschenke horten. Darauf würde ich nie verzichten.

Sie erzählte, ihr zweites Hobby sei das Schreiben. So entfernten wir uns schon beim ersten Gespräch voneinander. Doch durch unsere Unterhaltung neugierig geworden, wollte sie mich näher kennenlernen. Sie lud mich zu einer Tasse Kaffee nach Hause ein.

Noch arbeitete ich und konnte ihr begeistertes Schildern der Schreibgruppe überhören, in der sie Teilnehmerin war. Ich vertröstete sie, nach meiner Pensionierung würden wir weitersehen.

Ich lernte sie kennen, wir waren uns sympathisch. Wir fuhren in der Osterzeit für einen Schnupperurlaub, auch doppeldeutig gemeint, zusammen weg. Sie hatte diese Adresse aus einem Prospekt. Hätte ich das Reiseziel ausgesucht, ich hätte mich durch ihr Verhalten in den wenigen Tagen schuldig gefühlt.

Denn ich stellte bald fest, sie hatte so ihre Eigenheiten. Sie war Kettenraucherin, ich rauchte noch nie. In meinem Auto wünschte ich eigentlich kein Rauchen. Das erste Problem. Schon auf der Hinfahrt war sie wenigstens so rücksichtsvoll, das Fenster während des Rauchens zu öffnen, wenn auch die Asche durch den Fahrwind auf die Rücksitze flog. Freundschaften mit Gegner des Rauchens lehne sie ab, sagte sie. An Freundschaft dachte ich gar nicht. Dazu gehörte bei mir mehr. Sie zeigte auch wenig Verständnis, dass ich oft und gerne bei meinen Kindern und Enkelinnen war. Meine Pflichten hätte ich doch hinter mir, oder?

Unser Hotel bot für die Hausgäste täglich zwei Mittagsgerichte an. Neben dem Gutbürgerlichen auch Vegetarisches. Ich wollte mal fleischloses Essen kennenlernen. Ich war begeistert. Ich bewunderte die Vielfalt des vegetarischen Speiseplans. Rita mäkelte an allem rum. Jedes Gericht ließ sie zurückgehen oder ändern. Man müsse zeigen, mit ihr könne man nicht alles machen, betonte sie immer.

Den angebotenen Sport lehnte Rita ab. Ich denke aber heute noch vergnügt daran. Vor dem Frühstück in Sportkleidung barfuß durch das weiß bereifte Gras laufen und Gymnastik machen. Anschließend im Freien unter einem Wetterdach in Zinkwannen den ganzen Körper in kaltes Leitungswasser tauchen. Auf der Wiese die Haut trocken klopfen. Herrlich! Ich vergaß, dass ich mich sonst nie nackt zur Schau stellte. Mein Kreislauf freute sich mit.

Ich lernte Rita in den Urlaubstagen kennen. Sie war dominant, kompromisslos, geizig. Aber nicht uninteressant. Ihre Flucht vor Weihnachten begriff ich jetzt auch. Sie hatte nur einen Sohn, der ledig geblieben war. Aus ihrer Sicht hatte sie zu ihm ein gutes Verhältnis. Aber ganz anders, als ich es kannte. In meiner Familie flüchtete keiner vor den anderen. Wir waren tolerant, jeder durfte sein Leben selbst bestimmen. Geflüchtet ist nie jemand.

Rita und ich trafen uns danach ab und zu. Ihr Privatleben berührte mich ja nicht.

Mein letzter Arbeitstag kam. Als ich den Firmenschlüssel abgab, fühlte ich mich endgültig ausgeschlossen. Halt- und ziellos. Doch schon auf der Fahrt nach Hause beruhigte ich mich.

Auf ihr Drängen versprach ich Rita, im neuen Jahr mal mit in die Schreibwerkstatt zu kommen. Schon nach der ersten Teilnahme kündigte ich der Kursleiterin wieder. Ich verstand nicht, was sie dort machten. Aus einem Gedicht den Reklameteil entfernen, mit eigenen Gedanken füllen? Eine der Teilnehmerinnen versuchte vergeblich, es mir zu erklären. War gut gemeint, doch ich verstand nichts! Ich wollte auch nicht! Die Leiterin bezeichnete meine Gründe abzusagen als Unsinn. Nahm die Kündigung einfach nicht an. So kam ich ans Schreiben.

Kurz darauf musste ich an einer Lesung teilnehmen. Den befürchteten Herzinfarkt überlebte ich, wenn auch der hochrote Kopf Schlimmes ahnen ließ. Bekam nach der Lesung auch die verlorene Stimme wieder. Ließ den begeisterten Applaus für meinen Vierzeilentext über mich ergehen. Er war übrigens nach Kafka, den ich verehrte. Er schrieb so wenig geschwätzig, aber auch so makaber wie ich.

Es dauerte noch Jahre, bis ich mich meinem Innern näherte und auch längere, gefühlvollere Texte verfasste. Der Raum, in dem wir uns zum Schreiben trafen, wurde uns nach einiger Zeit gekündigt. Er wurde anderweitig benötigt. Wir probierten einige Räumlichkeiten in verschiedenen Häusern aus, bis wir Unterschlupf im Quäkernachbarschaftsheim fanden, in dem wir uns wohlfühlten und auch heute immer noch treffen.

Rita kündigte. Sie hätte mit der Bahn fahren müssen. Es war ihr zu weit. Und sie hätte die Fahrt bezahlen müssen. Wir wollten in Kontakt bleiben. Aber da sie mich mit ihren Ansprüchen überforderte, verloren wir uns aus den Augen.

War mir immer fremd
Will mich jetzt kennenlernen
Blick in den Spiegel

Seminare und die Folgen

Am Ende des Jahres meiner Pensionierung, 1994, nahm ich an einem Seminar teil. Eine Bekannte sagte mir, es seien noch Plätze frei. *Neujahr nicht allein sein.* War zwar für mich kein Problem. Ein Tag wie alle anderen. Ging früh schlafen, bis ich durch die lästige Böllerei geweckt wurde. Aber ein Wochenende in der Eifel würde mir bestimmt gefallen. Ein Schwimmbad gab es auch im Haus. Für mich wichtig.

Die Teilnehmer waren im Alter zwischen einem vierjährigen Jungen mit seiner Mutter und einer Siebzigjährigen. Eine Kartenlegerin war auch dabei. Wir waren neugierig darauf. Einzeln gingen wir in der Silvesternacht mit ihr in einen abgelegenen ruhigen Raum, um unser weiteres Schicksal zu erfahren.

Leider geriet ich mit der Kartenlegerin, unüblich und unerwartet für mich, gleich in einen heftigen Streit. Denn sie berührte ausgerechnet meinen wunden Punkt. Penetrant wollte sie mir einreden, ich würde bald meine große Liebe kennenlernen. Mit Mitte sechzig! Und was ist Liebe?! Ließ nicht locker und zeigte mir immer wieder die Karten. Sie erklärte mir wie einem störrischen Gaul, warum sie das wusste. Ich blaffte, ich wüsste es besser. Das läge mir ferner als im Lotto zu gewinnen. Zweimal verheiratet genüge doch. Meine Pflicht sei getan. Männer meines Alters wären bald Pflegefälle. Warum ich mir das antun sollte! Nein, das sollte, wollte und konnte nicht sein. Der Vorfall verdarb mir gründlich die Laune.

Sie tat mir ja ein wenig leid, als sie noch in der gleichen Nacht nach Hause fuhr. Beleidigt, weil jemand sie nicht ernst nahm. Aber absurder Gedanke, ich und verlieben?!

Dachte vor meinem 65. Geburtstag schuldbewusst an sie. Doch einen Irrtum aus vergangener Zeit kann man nicht rückgängig machen. Ans Kartenlegen glaube ich immer noch nicht! Nur Zufälle! Irgendetwas passt eben immer.

Im Frühjahr des gleichen Jahres nahm ich wieder bei Helga an einem Seminar teil „Frei reden ohne Angst". Man konnte sich langsam an so etwas gewöhnen.

Diesmal begleitete mich eine Bekannte, eine pensionierte Lehrerin. Sie hätte keine Schulung nötig. War aber für uns beide ein preiswerter Kurzurlaub.

Ich schrieb inzwischen flüssiger, aber mit dem Vortragen hatte ich immer noch Probleme. Ich war noch nicht so weit, meine Gedanken und Gefühle anderen preiszugeben. Ich erhoffte mir Hilfe von dem Seminar.

Außer uns beiden Älteren besuchten das Seminar nur junge Leute. Überwiegend Selbstständige aus ländlicher Umgebung. Sie wollten mit ihren Kunden lockerer umgehen können. Zwei Schadensgutachter. Einer von ihnen redete zu viel, aber er fiel mir sofort auf. Seine Art sich zu geben, seine auffallend blauen Augen. Dafür bekam sein Kompagnon die Zähne nicht auseinander, machte einen muffigen Eindruck, sah einem Pfarrer ähnlich. Der dritte betrieb ein Fitnessstudio. Ihm nahm man den Beruf kaum ab. Schmal, von Muskeln keine Spur, still und unsicher. Die Frauen, eine junge Mutter, die in ihren Beruf – Diätassistentin – zurück wollte, eine Fußpflegerin und eine Kindergärtnerin. So zwischen Fremden, die nichts von meiner Schüchternheit wussten, fiel ich zuerst nicht besonders auf.

Sie behandelten mich wie ihr Maskottchen als sie mich näher kennen lernten. Sie erfuhren, dass ich zweimal in der Woche ins Fitnessstudio ging. Das kalte Wasser beim Schwimmen am frühen Morgen mich nicht störte, im Gegensatz zu ihnen. Ging zu Hause ja Sommer wie Winter dreimal in der Woche draußen Schwimmen. Sie lästerten, in der Kälte schrumpfe alles zusammen. Mir stünde ein wenig Speck wegschrumpfen nicht schlecht, dachte ich ironisch.

Ich machte vor der Kamera instinktiv nicht die Fehler der anderen. Ging als Älteste kameradschaftlich mit den jungen Männern um. Die wurden mir bestimmt nicht gefährlich. Sah ihnen in die Augen. Formulierte Schriftliches verständlicher als sie. Trug es auch trotz Kamera vor.

Ich merkte in diesen Tagen, ich musste mein Selbstbild korrigieren. Ein Umbruch fand statt.

Die Teilnehmer waren mir ein Spiegel, der mich zeigte, wie ich mich selbst nicht kannte. War nicht mehr die, die fünfundzwanzig Jahre zwar ihren Beruf liebte, aber immer die gleiche Arbeit machte, sich nie auf Neues einstellen musste. Immer mit gleichgesinnten Menschen zusammen. Keine Herausforderung.

Ich lernte einen der jungen Männer, den Blauäugigen, näher kennen. Schon am ersten Abend schwärmte ich meiner Petra am Telefon vor, ich hätte einen netten jungen Mann kennengelernt. Ich musste sie beruhigen: „Nur nett!" Aus der Nachbarzelle kam dieser junge Mann lachend heraus. Er hatte gerade seiner hochschwangeren Frau von mir vorgeschwärmt und sie besänftigen müssen. Ich sei Mitte sechzig, beruhigte er sie.

Trotz fünfundzwanzig Jahren Altersunterschied hatten wir viele ähnliche Interessen. Auch er schrieb. Doch im Gegensatz zu mir äußerte er sich in Gedichten frei über seine Gefühle, seine Liebe, seine Enttäuschungen, sein Versagen. Das machte mich mal wieder sprachlos. Den Mut würde ich nie haben!

Es entwickelte sich eine Freundschaft, die zehn Jahre alle Höhen und Tiefen überstand. Trotz des Altersunterschieds und 100 Kilometer, die uns trennten. Die immer wieder in meinem weiteren Leben unerwartet auftauchen würde. Scheinbar unausrottbar!

Durch seine Naivität, sein Anders-sein als ich, lernte ich mich besser kennen. Er akzeptierte mein mangelndes Selbstbewusstsein einfach nicht. Er verehrte mich, wollte meine Fehler nicht sehen. Ich musste mich notgedrungen anpassen. Ließ mich auf ihn ein.

Er wurde mir fast ein Sohnersatz, der sich leider vor Jahren von mir und allen Verwandten und Freunden getrennt hatte.

Ein Jahr später wurde ich von Hubert und seiner Familie zum Osterfest eingeladen. Bei seinen Kindern war ich inzwischen eine willkommene dritte Oma.

Ja, und als ich nach Hause kam, hatte ein „Onkel Leo" angerufen!

Onkel Leo und die Auswirkungen

Ich hörte in der Schreibwerkstatt öfter, den Text müsstest du mal beim Stadtanzeiger einreichen. Durch so eine Kurzgeschichte lernte ich ja Rita und das Schreiben erst kennen und schätzen. Doch mir war kein Text gut genug. Ich merkte selbst, dass mein Stil hölzern war, ohne Gefühl.

Onkel Leo spukte mir dann lange im Kopf herum. Die Geschichte war unverfänglich, makaber-lustig, nicht zu persönlich. Damit könnte ich es doch mal versuchen. Aber lachten andere darüber, was *ich* lustig fand?

Ich fasste mir ein Herz. Kurz darauf kam ein Brief. Die Geschichte sei angenommen. Prima! Damals gab es dafür noch 40 DM. Eine Fotografin würde sich für ein Foto mit mir in Verbindung setzen. Auch das noch! Ich sah auf allen Bildern schrecklich aus, unfreundlich, farblos, verklemmt.

Ich weiß nicht, wie und was mit mir geschah. Ich wurde im Sommer fünfundsechzig Jahre. Mein Leben glaubte ich bald vorüber. Doch es wurde ständig spannender. Und jetzt sagte die begeisterte Fotografin auch noch, ich hätte in meinen Augen so ein Funkeln! Wir gingen aus der Wohnung in den Garten, sie griff zu allen Tricks: Es funkelte. Irgendein Augenfehler? Sie meldete mich sogar an, auf einem Reklameplakat zu erscheinen. Wurde aber zum Glück nichts. Sie konnte es nicht allein entscheiden.

Das Ergebnis ihrer Arbeit stellte sogar mich zufrieden. Ich war das nicht, aber mir gefiel, was ich sah. Sogar die mir vertraute Trauer im Blick störte mich nicht. An einem Samstag war es soweit: Onkel Leo stand in der Zeitung. Einige für mich überraschend positive Anrufe folgten. Dann kehrte Ruhe ein.

Niemand beklagt,
etwas Unbekanntes entbehrt zu haben –
bis er es kennenlernt.

Schicksalhafte Begegnung

Die Veröffentlichung von „Onkel Leo" gab mir ein wenig Selbstvertrauen.
Tage später kam ein Anruf. Namen merke ich mir nie sofort. Eine sympathische Männerstimme fragte: „War die Geschichte im Stadtanzeiger vor ein paar Tagen von ihnen?"
Wie kam er an meine Telefonnummer? Alarm!
Peter Maaßen gab es dreimal. Ich war bei seinem Versuch, mich zu ausfindig zu machen, gleich die erste.
„Können wir uns mal treffen?"
Nee, das wollte ich auf keinen Fall. Zwei Ehen hatte ich hinter mir. Ich hätte es in zweiter Ehe nicht besser treffen können. Doch noch mal mit einem Mann in Kontakt treten? Nie! Mein Bedarf war gedeckt. Meine Begabung, nähere Bindungen zu Männern zu ertragen, untauglich. Das wollte ich mir und auch ihnen nicht mehr antun. Er ließ nicht locker.
„Ihr besonderer Humor und auch das Foto haben mich neugierig gemacht."
Sein Problem!
„Nicht wenigstens für nur eine Tasse Kaffee?", schlug er vor. „Natürlich im Café ihres Vertrauens!"
Ich gestand, dass ich nicht immer so schrieb und das Foto von einer guten Fotografin sei. Ich mich selbst darauf nicht erkannte. Er ließ sich nicht entmutigen. Er siegte. Ich war schon immer zu gutmütig!
Ich hatte an einem Donnerstag Kursus. Ich kalkulierte die Zeit so knapp, dass uns nur eine Stunde blieb.
Die genehmigte Zeit musste genügen.
Aber eins nahm ich mir vor: Sollte er mich in der Zwischenzeit mit Anrufen nerven, ging ich erst gar nicht hin. Doch er rief nur am Tag vorher an, ob es dabei bliebe. Denn ich hätte ja keine Möglichkeit gehabt, ihm eventuell abzusagen.

In der Straßenbahn überfiel mich plötzlich Panik. Man hörte in letzter Zeit in unserer Siedlung so viel von Wohnungseinbrüchen. Was nun, wenn er ein Ganove war? Mich aus dem Haus lockte und dann die Wohnung ausplünderte? Ich rief aus einer Telefonzelle eine Nachbarin an, mit der ich sonst wenig Kontakt hatte. Ich schilderte ihr meine Lage. Ob sie bitte auf ungewohnte Geräusche achten könnte?
Dann saß ich im Café. Mit Absicht zeitig, damit ich mir den Tisch aussuchen konnte. Und die Herren ansehen, die alleine schon dort saßen. Ein braun gebrannter älterer Herr mit Glatze? Ob er es ist? Ich würde bestreiten die Erwartete zu sein. Er stopfte so unappetitlich ein Brötchen in den Mund.
Der mit dem karierten Hemd? Viel zu jung. Der hätte nicht angerufen.
Plötzlich wusste ich, das ist er! Passte zur Stimme. Er betrat nach einigen anderen Gästen das Café. Locker-lässig einen leichten schwarzen Blouson über die Schulter geschwungen. Wie ein in die Jahre gekommener Junglehrer, ordnete ich ihn in Gedanken ein.
Zielstrebig kam er auf mich zu. *Er* wusste ja, wie ich aussah.
Ein Blick aus grünen Augen. Wie soll ich es beschreiben? Hypnotisch? Sein Händedruck angenehm fest. In seinen dunklen Haaren schon ein paar Silberfäden. Ein ausdrucksstarker Mund. An seinen Lippen hingen meine Augen nun eine Stunde lang!
Die Zeit verging mir viel zu schnell. Wir hätten uns noch Stunden unterhalten können. Wir verließen zusammen das Café. Als ich vom Stuhl aufstand, huschte mir dennoch ein boshafter Gedanke durch den Kopf: „Jetzt gebe ich ihm den Rest. Das war´s dann."
Denn ich bin ziemlich klein und er so groß. Sein Schock blieb aus. Er musste zur Bahn, ich zum Kursus. Also noch ein Stückchen gleichen Weges.
Vorerst gab ich vom Münzfernsprecher bei allen Entwarnung, die von meinem Rendezvous wussten. Meiner Tochter, meiner Nachbarin, Freund Hubert. Er blieb in sicherer Entfernung stehen, bis ich mich von ihm verabschiedete.
„Schade", sagte ich lachend den neugierigen Kursteilnehmerinnen, die von meinem Abenteuer wussten. „Sehr sympathisch, aber für mich viel zu jung."
Er hatte auch nicht einen der Hoffnung erweckenden typischen Sätze von sich gegeben: „War nett mit ihnen." „Wir werden voneinander hören." Oder: „Wir sehen uns."

Das Kapitel Mann war außerdem für mich beendet. Wider Erwarten rief er noch ein – zweimal an. Ich erfuhr Näheres von seiner Familie, ich erzählte von meiner. Ich schwärmte von meinen Enkelinnen. Ich erfuhr, warum er so auffallend blass aussah. Ich hatte auf krank oder Gefängnisaufenthalt getippt. Er lag noch vor kurzem nach einer OP im Krankenhaus.

Mein Umfeld reagierte unterschiedlich. Also erzählte ich nicht mehr so viel. War ja auch nicht erforderlich. Eine flüchtige Episode, mehr nicht.

Doch er wurde schon in kurzer Zeit Teil meines Lebens. Hoffte, ihn als Gesprächspartner nicht so schnell zu verlieren.

Zur Wiederaufnahme seiner Arbeit nach der Genesung ließ ich eine kleine Annonce in die Zeitung setzen mit dem Bild einer Tasse. *Nur eine Tasse Kaffee? Alles Gute zum Arbeitsbeginn!* ließ ich darunter setzen. Denn er erwähnte einmal, dass er solche Nachrichten gern las und sich Gedanken darüber machte.

Nach einiger Zeit meinte er, ob ich nicht Lust hätte, zum Frühstück zu ihm ins Büro zu kommen. Ich könnte belegte Brötchen mitbringen, für Kaffee würde er sorgen.

Das wollte ich gerne machen.

Er wirkte auf mich noch stärker als beim ersten Treffen. Unsere Unterhaltung war sofort lebhaft und entspannt, als kennten wir uns schon ewig.

Doch überfallartig lähmende Angst. Ich wusste nicht, was mit mir los war. Ich wollte nur schnell weg. Sagte ihm, dass ich ihn nicht mehr sehen wollte und konnte. Irritiert sah er mich an.

„Ich habe ihnen doch nichts getan", meinte er erschrocken.

„Nein, das Problem liegt bei mir", beruhigte ich ihn. Unsere Blicke trafen sich noch einmal, er legte mir bedauernd die Hand auf die Schulter, dann stand ich draußen.

Spürte noch seinen Händedruck. Fest, doch seltsam jungenhaft und vorsichtig. Ich atmete tief durch. Hätte singen und tanzen können. Aber das tat ich auch sonst nie, warum jetzt? Ich fühlte mich befreit. War noch einmal davon gekommen. Hatte aus freien Stücken nein gesagt.

Zu Hause rief ich ihn sofort an. Er hatte mir ja jetzt seine Telefonnummer gegeben.

„Sind sie mir böse, weil ich mich so seltsam verhalten habe?"

„Nein, warum denn? Nur etwas erschrocken."
„Tut mir wirklich leid! Bin aber gut nach Hause gekommen. Wollte ihre Nummer nur mal ausprobieren." Ich rief ihn an diesem Tag noch zweimal an.

Später gestand er mir lachend, das sei ihm noch nie geschehen. Eine Frau gibt ihm den Laufpass, grundlos, ehe etwas angefangen hat und ruft dann dreimal an.

Doch ich blieb unsicher, ängstlich, panisch. Mochte ihn sehr und hatte doch Angst. Überall spürte ich seine Gegenwart. Etwas quälte mich, wusste jedoch nicht was und warum.

Nach Tagen ein Zusammenbruch. Ich weinte wie selten einmal. Konnte mich nicht beruhigen. Putzen ist dann immer gut. Staubte alle Bücher ab. Ich hatte Hunderte. Es half nichts.

Dann rief ich Helga an. Sie war durch ihre Seminare psychologisch nicht unerfahren. Sie beruhigte mich erst einmal. Dann stellte sie Fragen.

„Wie lerntest du ihn kennen?"
„Was ist er von Beruf?"
„Wie sieht er aus?"
„Irgendetwas hat er doch bei dir ausgelöst?"

Ich erzählte, was es zu erzählen gab. Bis ich an die Stelle kam, als ich äußerte: „...wie ein gealterter Junglehrer wirkte er auf mich."

„Helga, jetzt wird mir etwas klar", rief ich plötzlich. „Mein Vater war Lehrer. Und ich habe mich auf meinen ersten Mann nur eingelassen, weil er ganz anders war als mein Vater. Er war Österreicher. Gut aussehend, fast wie ein Italiener. Frei aufgewachsen, unzuverlässig, eben anders. Sonstige Vergleichsmöglichkeiten hatte ich nicht. Er war ja mein erster Ehemann!"

„Ja", meinte Helga, „das wird es wohl sein. Aus welch tieferem Grund auch immer."

Vom Aussehen her hatte er aber mit meinem Vater nicht die geringste Ähnlichkeit. Vater war nicht einzuordnen, hatte keinen Bart. Das konnte es nicht sein. Doch noch nie vorher hatte ein Mann so auf mich gewirkt.

Ich vertraute meinem Bekannten inzwischen so weit, dass ich beim nächsten Telefonat meine Vermutung äußerte. Wie ich schon erfahren hatte, ging er immer allem auf den Grund. Konnte aber auch abbrechen, wenn er unsicher wurde. Hier wusste er damals keinen Rat. Wie sollte er auch, verstand mich ja selbst nicht.

Es sollte noch Jahre und eine vierjährige Therapie dauern, bis ich über mein seltsames Verhalten, die Unsicherheit und Abneigung Männern gegenüber klar sah. Auch bei denen, die ich liebte. Oder was ich damals so darunter verstand.

Ab dieser Zeit wollten nun alle, die ich näher kannte, dieses Café auch mal kennen lernen. Es wurde für mich ein beliebter Treffpunkt. Aber mit niemandem wurde es so wie damals beim ersten Treffen mit Henning.

Mein fünfundsechzigster Geburtstag

Heute hatte ich alle Zeit, mich auf meinen fünfundsechzigsten Geburtstag vorzubereiten. Mich frisch machen, dann die Hausarbeit. Denn vor drei Jahren, im Jahr meiner Pensionierung, erlebte ich eine böse Überraschung. Ich wollte es locker angehen. Frühstücken, backen, Salate zubereiten und mich dann erst ankleiden.
Morgens um sieben Uhr schellte es. Vorsichtig sah ich um die Ecke und sah meine grinsende Freundin.
„Na, so eine Überraschung", begrüßte ich sie.
Einfach so vorbei zu kommen war sonst nicht ihre Art. Während der Arbeitszeit schon mal gar nicht. Deshalb freute ich mich.
„Komm rein! Hast du Zeit für eine Tasse Kaffee?"
Mir wurde heiß und ich wurde sicher knallrot, als ich Kichern hörte und ein Chor „Happy Birthday" sang.
Mein Chef war mit der ganzen Abteilung gekommen. Sie brachten einen riesigen Korb mit, gefüllt mit allem, was zu einem Frühstück gehörte. Es fehlte nichts. Sogar weich gekochte Eier und das Salz dazu, Brot, Brötchen, verschiedene Obstsorten, ein paar Thermoskannen Kaffee, Milch und Zucker, und, und, und …!
Ich konnte mir später immer wieder anhören, im lila Flanellnachthemd an die Tür gekommen zu sein.
„Nicht mal Reizwäsche hatten Sie an!", lästerte mein Ex-Chef. Peinlich.
Nachmittags, natürlich inzwischen angezogen, beim Kaffee mit Familie und Freunden, platzte noch spontan Freund Hubert mit seiner Familie und seinem Geschäftspartner aus Geilenkirchen rein.
Doch heute erwartete ich niemanden. Denn das Verhältnis zu den Kolleginnen hatte sich leider verändert. Ich gehörte nicht mehr dazu. Aber vorsichtshalber lief ich an meinem Geburtstag nie mehr im Flanellnachthemd morgens durch die Wohnung.
Doch wie vor drei Jahren klingelte es. Ein Blick zur Uhr: Sieben Uhr. Ich erstarrte. Das kann doch wohl nicht sein! Ich drückte den Türöffner. Das Erste, was ich durch das Treppengeländer sah, waren unbekannte Männerhosen. Mein Chef trug modischere Beinkleider.
Es war meine neue Bekanntschaft mit einem ausgefallen Strauß. Genau mein Geschmack! Ich bat ihn herein.

Woher wusste er, dass ich Geburtstag hatte? Wir hatten uns über Sternbilder unterhalten und festgestellt, dass wir nicht weit mit unseren Geburtstagen auseinander lagen. Und woher so früh schon Blumen?

Vom Hauptbahnhof. Geklopft und gebeten, eine Ausnahme zu machen, erzählte er. Ich freute mich, aber mir war auch mulmig zumute. Ich konnte mit der Überraschung nicht gut umgehen. Was sollte das alles?

Doch er hatte nicht viel Zeit. Musste ins Büro. Wünschte mir noch einen schönen Tag und an der Tür fragte er, ob er mir einen Kuss geben dürfe. Scheu, fast brüderlich. Das war der erste Kuss von Henning. Denn jetzt noch siezen wäre wirklich albern.

Liebe ist gefährlich,
wenn sie einfach oder schwierig ist

Wie einfach wär es, dich zu lieben,
Glück, Frieden und Geborgensein.
Wie schwierig wär es, dich zu lieben,
es könnt doch bald zu Ende sein.
Drum wärs gefährlich, dich zu lieben,
dann wär ich wieder ganz allein.

Nicht einfach wär es, dich zu lieben,
zu bangen, ich verlier mein Glück.
Nicht schwierig wär es, dich zu lieben,
du gabst Gefühle mir zurück.
Drum wärs gefährlich, dich zu lieben,
du bist derweil von mir ein Stück.

Noch wär es einfach, dich zu lieben,
deine Stimme, Hände, Augen, Mund.
Doch schwierig wär es, dich zu lieben,
wenn einmal schlägt die Abschiedsstund.
Drum wärs gefährlich, dich zu lieben,
Schmerz harrt schon auf des Herzens Grund.

Henning I – Versuch, lieben zu lernen

Hätte ich im Geburtstagskalender nicht spärliche Notizen gemacht, ich hätte inzwischen alles vergessen. Denn meine Empfindungen gingen in der Karussellfahrt der Ereignisse unter. Dort stand eine Woche nach meinem Geburtstag e. M. Es war das simple Kürzel – erstes Mal – für einen Umbruch meiner verkorksten Gefühlswelt.

Henning wollte mich wiedersehen. Er kam während eines Außentermins bei mir vorbei.

Erste zarte Annäherungen. Erste Zärtlichkeiten. Erste Auseinandersetzungen. Ich bin zu alt. Ich bin zu unansehnlich. Ich bin mit „so etwas" nicht vertraut.

Seine Antwort: „Alter spielt bei Gefühlen keine Rolle. Du bist mir ja keine Unbekannte mehr, also …?"

Andere Bedenken zerstreute er. Denn er war gebunden, im Gegensatz zu mir.

Doch durch meine Vorgeschichte verlief es nicht wie er es sich wahrscheinlich erhoffte. Seine Gelassenheit, seine Freundlichkeit, machte mir das Erlebnis erträglich. Erträglich war zu wenig. Ich war glücklich. Diesmal nicht „noch mal davon gekommen zu sein", sondern seine Rücksicht machte mich froh.

Ich fühlte mich nicht hilflos ausgeliefert. Schon bei einem der folgenden Treffen konnte ich mich entspannen, konnte Zärtlichkeiten zulassen. Ich weiß heute noch nicht, warum ich mich bei ihm sicher fühlen konnte. Das erste Mal in meinem Leben. Waren es seine Hände, seine Blicke, seine Stimme, seine Wärme, der Geruch seiner Haut? Das alles zusammen? Er wirkte sicher und erfahren. Hatte er mich verzaubert?

Meine Freundin und ich unterhielten uns oft über Männer und den mit ihnen zusammenhängenden Gefühlen. Ohne meine Probleme weiter zu erforschen. Wir schwärmten genau wie alle anderen für Schlagerstars, Schauspieler, Musiker, Kollegen.

Sonja war nur, obwohl jünger, im Gegensatz zu mir sexuell interessiert und erfahrener als ich. Trotz meiner zwei Ehen. Bei manchen Männern äußerte ich: „Das ist ein Unterwäschemann. Den kann ich nicht ausstehen."

Ich ekelte mich, glaubte, deren warme Unterwäsche zu riechen. Sie lachte mich dann immer aus. „Du mit deinen komischen Vergleichen!"

Henning war für mich kein „Unterwäschetyp", er war einfach ein Mann.

Ich hatte aber damals noch keine Ahnung, warum ich so empfand. In meiner ersten Ehe ließ ich einfach alles geschehen. Bis ich es nicht mehr ertrug. Dazu kamen noch Unzuverlässigkeit, Lügen, keine Verantwortung, keine Liebe, weder bei ihm noch bei mir. Dann benutzte er auch noch Pitralon. Ich hätte mich übergeben können! Sieben Jahre waren rückblickend vergeudete Zeit.

Das einzig Wichtige, was mir davon blieb, war mein Sohn Bernd. Bei Peter war ich in all den Ehejahren zufrieden und glücklich. Habe den Schritt, einen älteren Mann geheiratet zu haben, nie bereut. Wenn auch die letzten Jahre nicht leicht waren.

Durch sein Alter nahm er gelassen hin, wie ich nun einmal war. War stolz auf sein Leben mit mir, so spät noch Vater geworden zu sein. Doch jetzt kam ich mir reif genug vor für mehr. Warum sollte ich Nein sagen, wenn es mir möglich war, Unbekanntes kennenzulernen? Ich hatte nichts zu verlieren. Meine Zeit wurde knapp, dachte ich.

Mit seinem ganzen Sein lehrte Henning mich die andere Seite der Liebe kennen. Ein Virtuose. Wir waren beide geschädigte Kinder liebloser Erziehung. Konnten mit dem Wort Liebe wenig anfangen. Es auszusprechen hätte uns abgeschreckt. Und doch: Liebe suchende hatten sich wohl gefunden?

Hatte nicht gelernt, zu lieben.
Forsche und übe schon ein Leben lang.

Sommer kam zurück

Winter war in meiner Seele,
warm traf mich dein Blick.
Meinem Herzen Frost befehle:
    Sommer kam zurück.

Ahn die Wärme, will sie meiden,
fasse nicht mein Glück.
Wollte nie mehr lieben, leiden:
    Sommer kam zurück.

Fort die Kälte, Todessehnen,
die mein Herz gebannt.
Wärme spürn beim Schulter lehnen:
    Sommer kam ins Land.

Möchte mit den Wolken fliegen,
tauchen in die Flut,
träumend in der Wiese liegen:
    Sommer tut so gut.

Will man mir die Flügel stutzen
wird ums Herz mir bang,
möcht die Gunst des Glückes nutzen
    einen Sommer lang.

Henning II

Wir lernten uns mit der Zeit immer besser kennen. Seinen 51. Geburtstag verbrachten wir zusammen. Ich lernte, Fragen zu stellen. Denn meine Scheu machte vielleicht oft den Eindruck uninteressiert zu sein. Im Lauf der Jahre wussten wir alles voneinander. Es gab kein Tabu. Ich spöttelte einmal, er sei meine beste Freundin. Umgekehrt war es genau so. Er sprach mit mir offen über seine Kinder- und Jugendzeit, wie bis dahin noch mit niemandem in seinem Leben. Hatte alles tief in sich verschlossen. Hass über seine Jugend brodelte aus ihm heraus.
Wir trafen uns in seiner Mittagspause ab und zu, gingen zusammen essen. Für mich ein besonderer Reiz. Brav vor ihm sitzen, doch in Gedanken ganz wo anders zu sein. Seinen Blick einfangen, seine Stimme einsaugen, flüchtiges Berühren unserer Hände.
Er war aber auch ein Mann, für den es Freude machte zu kochen. Er aß gerne, lobte. Er probierte auch selbst neue Gerichte aus.
Im Laufe der Jahre sammelte er einige meiner Rezepte für die Zeit nach uns.
Ich genoss das intime Beisammensein. Lernte, spielerisch mit dem anderen Geschlecht umzugehen. Flirten konnte ich immer schon, doch wehe, es drohte mehr zu werden. Und jetzt?
Als wohltuend empfand ich mein Alter. Konnte genügsam sein. Stellte nie Forderungen. Äußerte selten meine Sehnsucht, die mich an manchen Tagen doch umtrieb. Freute mich stattdessen über jedes überraschende Zusammensein. Sei es noch so kurz.
Denn mir war klar, wenn ich liebe, kann ich den anderen nicht unter Druck setzen. Es hätte das Selbstverständliche, Leichte, Zuverlässige zerstört.
Ich stellte immer wieder fest: Ich liebte ihn inzwischen wirklich. Doch nie hatte ich das Ziel, für immer mit ihm verbunden zu sein. Allenfalls mal eine ganze Nacht zusammenzuliegen, am Morgen gemeinsam zu erwachen. Das war so ein Traum.
„Und dann?", fragte ich mich.
Denn das wäre ohne Risiko unmöglich. Das ging ich nicht ein.

Abgesehen davon, war das zwischen uns nie ein Thema. Dort sein Leben, hier meins, dazwischen trafen wir uns.

Selbst mit ihm konnte ich mir ein Leben zu zweit nicht vorstellen. War es Angst, zu versagen, zu enttäuschen? War es, was ich einmal in einem ganz anderen Zusammenhang äußerte, nichts zu wollen, was ich nicht haben konnte? War es mein Alter?

Ich hätte mich verachtet, einen jüngeren vitalen Mann an mich, eine alternde Frau, zu ketten. Sein Leben im Chaos versinken zu sehen. Besonders, da ich meinen Sohn an eine ältere Frau verloren hatte. Meine ablehnende Einstellung dazu hätte mich nicht losgelassen.

Mein Kopf siegte über mein Herz.

Ich konnte ja stattdessen Gedichte schreiben, mich darin im Kummer ertränken, im Schmalz suhlen. Ganz wie mir zumute war. Ventile meiner Gefühle.

Es erschreckt mich noch heute, wenn ich auch sonstige Trennungen so unerwartet ruhig hinnehme. Trotz aller Ängste lange vor dem Ende. Ein Schicksalsschlag mich kaum berührt. Ein fast unerträgliches Ereignis einfach wegstecke. Scheint mein Rezept zu sein, zu überleben.

Ich weiß inzwischen, gefühlskalt bin ich nicht. Ich schließe einfach eine Tür, öffne eine neue. Wo ich damals bei aller Liebe eisern blieb: Wurde ich für meine Enkelinnen gebraucht, sagte ich Henning ab. Denn meine Familie war mir das Wichtigste. Darin waren wir uns einig. Wenn ich auch manchem versäumten Tag heute noch nachtrauere. Wenn er morgens Sehnsucht hatte, vor meiner Tür stand und ich musste unerwartet fort.

So blieb es bis heute. Wir wussten, nichts könnte das Familienleben ersetzen. Es ging nicht nur um uns beide.

Es blieb ein Traum

Während du schläfst
bist du mir nah und doch fern
hast keine Macht mir zu entfliehn
bist mir ausgeliefert

Bist du mir nah und doch fern
wenn ich neben dir liege
bist mir ausgeliefert
wehrlos gegen mein Begehren

Wenn ich neben dir liege
liebkosen dich meine Blicke
wehrlos gegen mein Begehren
so hilflos bist du

Liebkosen dich meine Blicke
saugt meine Sehnsucht dich auf
so hilflos bist du
bewegst dich nur ein wenig

Saugt meine Sehnsucht dich auf
während du schläfst
bewegst dich nur ein wenig
hast keine Macht mir zu entfliehn

Nur Seifenblasen
Jagst bloß Träumen hinterher
Werde erwachsen

Hubert

Im August 1996 wurde Hubert vierzig Jahre. Ich war selbstverständlich eingeladen. Hatte als Geschenk seine Gedichte gesammelt, mehrmals ausgedruckt und binden lassen. Gerührt zeigte er mein Geschenk allen seinen Freunden.
Ich fühlte mich in seinem Familien- und Freundeskreis wohl. Lernte seine Mutter kenne. Eine lustige, unterhaltsame Frau. So war ich auch 1997 eingeladen. Ich hatte ihm ja von meinem Kennenlernen von Henning erzählt. Seine Freude darüber war für mich selbstverständlich, da er von meinen Problemen mit Männern wusste. Beunruhigt erkannte ich, mich geirrt zu haben. Von Freude keine Spur.
Zwei Wochen später hatte auch seine Frau Geburtstag. Ich nahm begeistert ihre Einladung an. Dann konnte ich den bestellten Sahnesprüher mitnehmen, der damals neu in die Läden kam. Gab es bei uns noch nicht überall.
Hubert begrüßte mich kaum, war schlecht gelaunt, nervte die Gäste. Als wir alle am Kaffeetisch saßen, sprang er auf mit der verrückten Idee, sofort mit mir in den Nachbarort fahren zu müssen, um das Gerät abzuholen. War mir sehr peinlich, aber was sollte ich machen? Seine Frau sagte nichts dazu. Solche Ausbrüche schien sie zu kennen.
Tja, und unterwegs rastete er heftig aus. Wie ein kleiner Junge, dem man sein Lieblingsspielzeug wegnimmt. Ich dachte jeden Augenblick; jetzt setzt er mich zwischen den Äckern aus. Fassungslos war ich, musste jedoch innerlich grinsen. Was sollte das denn? Aber ich blieb gelassen, forderte keine Erklärung. War nicht neugierig darauf. Bringe andere auch ungern in Verlegenheit.
Der Tag wurde dann doch noch friedlich. Am Abend lag der Augustmond riesengroß in einem Feld hinterm Haus. Wie hauchdünnes rosa Glas. Auf der Heimfahrt war wieder Ruhe in mir. Ich erzählte Henning von dem Vorfall. Hubert ist eifersüchtig, mutmaßte er. Doch eine Freundschaft gab ihm kein Recht, über mein Leben zu verfügen. Er hatte ja auch sein eigenes.

Augustmond

Abendrot über gelbem Kornfeld
dein sanft lächelndes Gesicht
am Horizont.
transparentes Rotgold.
groß zum Greifen nah
entfacht Sehnsucht
nach Nähe und Wärme

Trügerischer Schein
Dunkelheit kriecht empor
fern wirkst du nun
dein Lächeln blass und kalt
lässt mich frieren
unerreichbar unwandelbar
bleibst du stets derselbe
wandelbar nur meine Gefühle

„Ich, Narr des Glücks."
Heinrich Heine

Narren sind wir doch alle,
jagen dem Glück hinterher.
Schnappt sie dann zu, die Falle,
sind Herz und Hände oft leer.

Sachverständigenbüro Waage & Glück

„Sachverständigenbüro Waage & Glück. Glück am Apparat. Guten Tag".
„Ach du bist es, Erika. So ein Zufall, ich wollte dich auch gerade anrufen. Hast du die nächsten beiden Wochen Zeit? Schade, nur die erste Woche? Na ja, besser das, als gar nichts. Freitagmorgen kannst du auch nicht? Du musst einen Geburtstag feiern? Auch nicht tragisch! So, nun zu meinem Problem. Hans hat Urlaub und ich bin viel unterwegs, wie du weißt. Unser Herr P. muss zur Kundschaft. Jemand sollte die Stellung im Büro halten. Hättest du Lust dazu?"
Nun, was macht man nicht alles, um dem Glück, dem besten Freund, nahe zu sein, ihm unter die Arme zu greifen.
Eine Nacht darüber schlafen und dann zusagen: „Selbstverständlich mache ich das! Glück, ich komme!"
„Prima!"
Das heißt also: Jeden Morgen 5.30 Uhr aufstehen, um noch vor 7.00 Uhr über 100 Kilometer „dem Glück hinterherzujagen".
Am ersten und zweiten Tag Postrückstände per PC (meinem zweitbesten Freund!) aufzuarbeiten, mit dem Glück anschließend das Büro umzugestalten (benutzerfreundlicher), alte Akten, alte Prospekte, verendete Kellerasseln, alten Staub vernichten,
Wendeltreppe auf und ab. In der Apotheke Medikamente besorgen, von Zeit zu Zeit schluckgerecht portionieren, Schweiß abtupfen, da das arme Glück inzwischen krank geworden ist. Um dann abends verschwitzt, verstaubt, müde, aber glücklich und zufrieden, weil immer dem Glück nahe, die Heimfahrt anzutreten.

Und heute, am dritten Tag? Mutterseelenallein sitze ich jetzt hier: staubfrei, insektenlos, benutzerfreundlich eingerichtet und sortiert, aber menschenleer der Raum. Ich warte auf Anrufe: „Sachverständigenbüro Waage & Glück, Maaßen am Apparat. Guten Tag."

23.07.97
Mache mich spielerisch mit fremden, komplizierten Programmen vertraut (Denn man kann ja nie wissen, was noch kommt!). Ich sitze hier also in der Falle und das Glück ist unterwegs (geschäftlich!), und Herz und Hände sind augenblicklich leer.
Bin ich nun ein Narr des Glücks? Ganz bestimmt nicht, denn ich bin einfach nur seine beste Freundin.

Henning III – Ich liebe

Das erste Kalenderjahr mit Henning ging zu Ende. Wir trafen uns bei mir zum Adventskaffee mit selbst gebackenen Plätzchen. Drei Wochen konnten wir vermutlich nicht miteinander sprechen. Das erste Mal.
Aus dem Urlaub kam er verändert zurück. Machte telefonisch vom Büro aus seltsam abfällige Bemerkungen. Äußerte dumme Gemeinplätze. So kannte ich ihn nicht. Fragte ihn später, warum er so aggressiv gewesen sei. Er war sich seiner Entgleisungen nicht bewusst. Erzählte zu dieser Zeit nicht von Problemen zu Hause. Ich war auch dankbar dafür. Heute wäre es mir nicht mehr wichtig, könnte auch anders damit umgehen. Bezog zu dieser Zeit noch alles auf mich. Gab mir an allem Schuld. So geprägt in all den Jahren meines Lebens, konnte ich mich nicht so schnell ändern. Immer noch im Ohr: „Daran bist du schuld"!
Aber entzweit haben wir uns nicht einmal bis heute, diskutierten viel, lernten daraus.
Im Frühjahr brachte ich Miriam, die jüngste Enkelin, in den Kindergarten. Ich sehe es noch wie heute vor mir. Die Sonne schien, Schnee schmolz. An den Tannenzweigen Tropfen, Tränen gleich, fielen glitzernd zu Boden. Konnten nur Freudentränen sein. Denn das Tauwetter war zum Malen schön. Erste Amseln sangen. Scharrten in alten Kiefernnadeln nach Nahrung. Frühlingshafter Duft.
Auch in meinem Innern Tauwetter. Freute mich, diese Jahreszeit endlich so romantisch zu empfinden. Abrupt eine Panikattacke.
Ich rief Henning an. „Geht es dir gut?"
Er lachte: „Ja, warum? Hast du doch heute Morgen schon gefragt!"
„Ich weiß nicht. War plötzlich so unruhig!"
Rief ihn später noch einmal an, um mich zu vergewissern, dass es ihm gut ging.
Nachmittags fragte mich Henning: „Sag mal, was war denn heute Morgen mit dir los?"
„Ich weiß nicht. Hatte das Gefühl, du seist in Gefahr."
„Ja, stell dir mal vor, ich bekam starke Blutungen und musste zum Arzt. War zum Glück trotz Marcumar nicht so gefährlich. Ein Gefäß musste verödet werden. Doch woher kam deine Unruhe?"

„Mach dir nichts draus, das habe ich öfter", versuchte ich zu beschwichtigen.
Es verging kein Tag, an dem wir nicht telefonierten. Die Gewissheit, täglich miteinander sprechen zu können, egal, wie wir es ermöglichten, ließ mich ruhiger werden. Unsicherheit und Komplexe schwanden.
Ehrlich zu sein war mir in unserer Beziehung das Wichtigste. Nicht alles wissen zu wollen, aber nie belogen zu werden. Für ihn war das neu. Aber mit der Zeit genoss er es, mir alles sagen zu können.
Ich schätzte die Art, wie er mit Ärger in seiner Familie umging. Wenn er sich überhaupt äußerte, dann nie anklagend. Eher spöttisch amüsiert. Selten zutiefst verletzt. Durch unsere offenen Gespräche änderte sich unser Verhältnis zueinander unmerklich.
Wie in einer guten Ehe? Nein, viel besser! Er erzählte mir, wenn er einer Frau begegnete, die er anziehend fand. Ich überlegte, ob ich als seine Frau auch so locker mit seinem Geständnis umging. Aber ja. Denn er sollte meinetwegen nicht erblinden. Ich könnte sicher sein, dass er immer zu mir zurück käme. Denn große Veränderungen mag er nicht. Mir war immer das Wichtigste, ihn glücklich zu sehen. Er war nicht mein Eigentum.
Ich liebte ihn, wie ich immer wieder feststellte. Konnte endlich lieben. Ich tröstete ihn, wenn er nicht weiter wusste. Wenn er so nicht weiter leben wollte. Traf ihn spontan, bis er sich durch unser Zusammensein entspannte.
Suchte mit ihm Lösungen. Überlegte, wie er auch toleranter reagieren könnte. Überlegte, wie *ich* damit umgehen würde. Denn das war das einzige, das ich an ihm nicht so mochte. Ihm fehlte ja der Vergleich, es einmal mit den Augen anderer zu sehen. Er hatte keine Freunde, mit denen er sich unterhalten konnte. Saß im Büro in einem Einzelzimmer. Machte alles mit sich selbst ab. Und sich selbst gibt man nicht die besten Ratschläge.
Ich sagte Henning, mit Hubert sei es nicht mehr so erfreulich. Ich überlegte, die Freundschaft zu beenden. Er hielt mich zurück, dachte weiter. „Was ist, wenn unsere Beziehung einmal zu Ende geht?", sagte er. Ich dachte, sollte sie aus irgendwelchen Gründen beendet werden müssen, es an meinen Gefühlen nichts ändern würde. Ich wusste, meine Liebe blieb bestehen. Und Hubert könnte mir nie Ersatz sein. Ich wollte ja nicht geliebt werden, sondern lernen zu lieben. Geliebt werden würde mich schrecken.

Ich traf also wieder einmal Hubert auf meiner Durchreise zu einem Schreibseminar in der Eifel. Freute mich doch, ihn wiederzusehen. Wurde aber enttäuscht. Trotz allem Verständnis für seine Probleme mochte ich seine Launen, sein Zerrissensein nicht. Er störte meinen Frieden, den ich mühsam in mir aufbaute. Er war nicht mehr der nette junge Mann, den ich kennenlernte. Flatterhaft, unbeherrscht wirkte er. Sagte nicht immer die Wahrheit. Ich war erleichtert, als wir uns verabschiedeten.

Fand meinen Frieden beim Schreiben wieder. Wurde gelobt für meine empfindsamen Gedichte. Endlich schrieb ich nicht nur traurig. Anregungen holte ich mir morgens in der Frühe, wenn ich allein einen Rundgang durch den noch im Schlaf liegenden Ort Zweifall machte. Sammelte Steine der Erinnerung. Rief unterwegs Henning an. Lauschte seiner Stimme. Denke heute noch wehmütig an das Hromadka-Haus zurück. An die Seminare im Haus mit seinen schweren Bruchsteinmauern. An die Stille am Morgen. An leise Schritte beim Tische decken. Die fröhlichen Gespräche während des Frühstücks. Erwartung, was der Tag bringt.

Im Garten schreiben an warmen Tagen, eingekreist von bewaldeten Hügeln.

Zusammensitzen zwischen alten gemütlichen Stilmöbeln am Abend. Tränen und Lachen bei Erinnerungen, die uns am Tag berührten. Leider wurde das Haus mit seiner ganz besonderen Atmosphäre ab dem folgenden Jahr zu geschäftlichen Zwecken vergeben, erfuhren wir. Die Seminare wurden nun woanders abgehalten.

Sieben Steine bracht ich heim
von dem Pfad der Selbsterkenntnis.
Halt sie beglückt heut in der Hand,
sind mir nun Freund statt Hindernis.

Wie Nebel vor dem Sonnenlicht
blasser Kiesel, glatt geschliffen.
Versucht vergebens, wie der Stein,
manche Klippe zu umschiffen.

Weißer Stein mit roten Adern:
Tief in mir ist so viel Leben.
Fühlt mich immer hart und kalt,
kann nun andern Wärme geben.

Herbstlich fast der warme Ton,
rostig rot der nächste Stein.
So wie mit Sonne vollgetankt,
sollte mein Alter später sein.

Wo mag die zweite Hälfte sein
vom Stein, wie ein gebrochnes Herz?
Denn einmal war ein Ganzes mein.
Rührt daher dieser dumpfe Schmerz?

Zipperlein zwackt hier mal da,
mühsam oft der Alten Leben.
Wird's ähnlich wie dem mürben Stein
mal meinen müden Knochen gehn?

Der schwarze Stein erinnert mich
an dunkle Nächte, Not und Qual.
Doch als ich richtig hingeschaut,
gewahrte ich der Sterne Strahl.

Ein heller Quarz, fast weiß wie Schnee,
wie einst ein Stein auf meinem Grab?
Vergangen ist dann all mein Weh,
vorbei, was ich ertragen hab.

Im Dunkel meiner Gedanken
könnte Vertrauen mich zum Licht führen

Heinz

Im Winter, Monate nach dem Seminar, musste ich plötzlich ins Krankenhaus. Ein Augeninfarkt. Ausgelöst durch einen Zahn, wie man mir sagte? Oder war die Ursache mein unruhigeres Leben? War es das Anfeinden unserer Kursleiterin?
Je mehr ich lernte, desto unleidlicher wurde sie. Wären es sachliche Angriffe, könnte ich daraus lernen. Aber Eifersucht, wie mir jemand sagte? Hatte sie nicht nötig! Zerstörte nur wieder mein geringes Selbstvertrauen.
Auf dem Krankenhausflur sprach mich ein Mann an. Heinz erfuhr ich bald. Haben uns sofort gut unterhalten. Lagen in benachbarten Zimmern. Die Schwestern hatten Spaß mit uns. Servierten schon ab dem nächsten Tag in seinem Zimmer unseren Nachmittagskaffee.
Endlich geschah etwas Nettes, Positives! Das fördert die Gesundheit, sagten sie. Wie sich nämlich herausstellte, hatten wir das gleiche Hobby: Gedichte schreiben. Seine Gedichte spiegelten die Gefühle eines reifen Mannes. Anders als bei Hubert. Fand die Unterschiede sehr interessant.
Der Gesprächsstoff ging uns nie aus, und wir schrieben zwischen unsern Zimmern Verse hin und her.
Hubert hatte ich benachrichtigt. Er hätte sich sonst Gedanken gemacht, wo ich blieb. Er versprach, mich schnell zu besuchen. Aber wie so oft während unserer Freundschaft versprach er, was Henning hielt. Henning meinte, was Hubert kann, kann ich auch. Er kam mich noch am gleichen Mittag besuchen. Beim Krankenhausaufenthalt ist alles Gesprächsstoff. Erst meine Krankenhausbekanntschaft, und jetzt ein interessanter Mann. Küsschen zur Begrüßung, Küsschen zum Abschied. Ein Händedruck, etwas zu lang?
Mit Heinz hatte ich nach der Entlassung noch lange Kontakt. Aber so wie immer in meinem Leben: Wenn ich merkte, das Interesse an mir wurde zu groß, kam wieder die mir vertraute Panik. Er hat sich wirklich bemüht, gerade das war falsch. Doch was für mich am störendsten

war: Ich konnte ihn nicht riechen. Ich kann es schlecht erklären. Er roch nicht gut oder schlecht, er hatte gar keinen Geruch.

Ich wurde von ihm nach Jahren zu seiner Hochzeit eingeladen. Seine zukünftige Frau wusste von mir. Sie war neugierig, mich kennen zu lernen. Doch ich konnte mich nicht überwinden. Las nach Jahren in einer Zeitung noch mal ein Gedicht von ihm. Berührte mich. Aber ein Wiedersehen? Nicht erforderlich!

Aus dem Krankenhaus entlassen, bekam ich einen Anruf von einem Mann, den ich schätzte. Ein Verleger. Er erfuhr von meiner Erkrankung. Wir kannten uns damals persönlich nur flüchtig. Ich arbeitete für eine Bekannte am PC Texte aus. Die ließ ich ihm dann per Post mit Diskette zukommen.

Das mit dem Auge sei auch ihm passiert, sagte er. Hätte sich deshalb Sorgen um mich gemacht. Ich freute mich über seine mitfühlenden Worte, da er in einem ganz anderen Ruf stand. Aber meine Einstellung war immer, wenig auf die Urteile anderer zu hören. Ich bildete mir meine Meinung lieber selbst. Es lohnte sich später meist, auf mein Inneres gehört zu haben.

Ich erzählte Henning von dem Anruf. Er nahm interessiert an allem teil, was ich erlebte.

Jahre später fragte mich Hubert einmal, ob Henning nicht oft eifersüchtig geworden sei. Diese Anwandlung hatten wir nie.

Es ist nicht die Sonne,
die vor dir am Morgen aufglüht,
über dich hinweg zieht
und am Abendhimmel verglimmt.
Nein, du bist es,
an dem Ort auf dieser Erde,
den du wählen kannst,
der sich auf das Licht zu
oder vom Licht weg bewegt.

Sie hat viel gelitten
Sie hat viel geliebt
Sie hat ihr Leid überwunden

Ob es hell ist,
wo du stehst,
oder dunkel,
hat mit dem Herzen zu tun,
nicht mit den Augen

Wenn du nicht fliegen kannst, krieche.
Aber bewege dich vorwärts.
Sonst gibt die Erde unter dir nach.

Heinz Stein für Erika Maaßen

An der Sichel des Mondes
häng ich meine Träume auf

Rundet sich der Mond
rutschen die Träume abwärts
Böses Erwachen

Nähert sich nun der Vollmond
fessle ich meine Träume

Henning IV – Gefestigte Gefühle

Im Herbst fuhr ich in Urlaub. Wie jedes Jahr zu dieser Zeit an die Nordsee. Mit Petra, Miriam und Hannah. Und jedesmal zusätzlich mit wechselnden Miturlaubern, das Haus war groß genug. Mal eine Nachbarin, mal meine Schwester mit Freundin, dann eine Nichte meines Mannes mit Freund: Platz war für sie immer im gemieteten Bungalow. Wer gerade Zeit und Lust hatte, konnte mitkommen. Eine oder auch zwei Wochen. So wurde es uns nie langweilig.

Zu dieser Zeit lag mein Schwiegersohn Uli im Clinch mit der Nordsee. Er liebte sie nicht, und sie ihn nicht. Fuhr er mal mit oder kam nach, sofort setzte Regen ein. Deshalb war er viele Jahre nicht dabei.

Von Henning getrennt zu sein war schwer. Täglich telefonierte ich über Handy mit ihm. Der Empfang war schlecht, nur an einer Stelle im Garten möglich. Doch die Telefonzelle fast immer besetzt. Der Weg in Wind und Regen auch zu ungemütlich.

Also blieb mir nur, draußen an die Hauswand unserer Unterkunft gekuschelt zu plaudern, vom herbstlichen Seewind umspielt. Zu hören und sagen, wie sehr wir uns vermißten.

„Wo steht bei dir abends der Mond?" fragte ich.

„Vom Balkon der Küche sah ich ihn gestern. Warum?"

„Geh heute Abend gegen 21.00 Uhr mal raus. Dann treffen sich unsere Blicke vielleicht."

Er versprach es. Am Abend war der Oktobermond in Form einer Hängematte groß am klaren Himmel. Und dort, so hoffte ich, begegneten wir uns.

Drinnen saßen feixend die Mitreisenden. Anders als ich mit besserem Netz und ohne Geheimnisse.

Auf der Heimfahrt im Gepäck frischen Seefisch, in Eis gebettet. Vorfreude auf Montag. Tradition war, Henning zum Essen einzuladen. Wir waren beide Fisch- und besonders Matjesliebhaber.

Die Trennung um die Weihnachtszeit verlief friedlicher als in unserem ersten Jahr. Sooft er konnte, telefonierten wir. Die Zeit verging schneller.

Es gibt Tage
an denen bei trübem Wetter
die Sonne scheint

Es gibt Tage
an denen ich mich
unbesiegbar fühle

Es gibt Tage
die mich das Alter
vergessen lassen

Es gibt Tage
an denen ich liebe sehne leide
als sei ich noch jung

Es gibt Tage
an denen ich vergesse
darüber zu grübeln

Das sind Tage
an denen ich einfach
liebe sehne leide
ganz Gefühl bin

Hausaufgabe im Kursus:
Gefühlvoll schreiben!

Wie soll ich es nur ausdrücken, leicht und fedrig, wenn ich dich wiedersehe? Wenn mein Herz sich ausweitet, bis ich glaube, es platzt? Lerne ich das Schreiben nie?
Ich kranke am Unvermögen, treffende Worte zu finden. Denn wie kann ich mich romantisch äußern„ wenn die Hände schweißnass werden, ein Presslufthammer in der Brust mir die Luft nimmt?
Wie soll ich erklären, dass der Himmel himmelblau ist, die Sonne strahlt, auch wenn es draußen wie mit Eimern schüttet, stürmt oder schneit?
Mir fehlen die Worte, mich zart und lyrisch auszudrücken, wenn die Beine ihren Dienst versagen, wenn alle Glieder schlottern bei deinem Anblick.
Wie mich intelligent äußern, wenn ich den letzten Rest Verstand verliere beim Klang deiner Stimme, alle Sinne zu schwinden drohen?
Und erst, was ich empfinde, wenn deine Hände mich sanft, fordernd oder sonst wie berühren.
Mir fehlen dafür die passenden Worte. Ich sage mir nur: Ich liebe ihn! Worte, die zwischen uns tabu sind. Warum nur?

Henning verliebt

Eines Tages schwärmte Henning von einer jungen Frau, der er täglich begegnete. Auch sie gebunden, erfuhr er. Er war vernarrt wie ein junger Mann. Konnte nachts schlecht schlafen, war unruhig, konfus, so klagte er mir am nächsten Tag. Er hatte nicht erwähnte, woher er sie kannte. Daher konnte ich wieder einen seltsamen Augenblick erleben.

Ich machte mit Hannah und Miriam einen Stadtbummel. Anschließend besuchten wir Henning im Büro. Auf dem Heimweg zur Straßenbahnhaltestelle fühlte ich mich plötzlich, als hielte mich jemand fest. Ich war unfähig, auf die andere Straßenseite zu wechseln. Wie an einem starken Gummiseil hielt es mich auf der linken Straßenseite. Unheimlich.

Ich hatte den Kleinen versprochen, ihnen Brötchen zu kaufen. Jetzt musste ich sie bis zur Haltestelle vertrösten, dort war der nächste Bäcker.

Nachdem ich die beiden zu Hause abgeliefert hatte, konnte ich endlich Henning anrufen. Ich sagte ihm, ich wüsste jetzt, wer die junge Frau sei, wo sie arbeitet. Er konnte es nicht begreifen. Ihm war klar, ich würde ihm nie nachspionieren. Ich brauchte ja nur zu fragen, wir hatten keine Geheimnisse. Dann sah ich ihn wohl zufällig? Nein, auch das nicht!

Ich erzählte von meinem seltsamen Augenblick. Das war schon das zweite Mal, dass ich ihm gegenüber etwas ahnte, was sich als Tatsache herausstellte. Er glaubte es mir. Er fragte, ob es mir unangenehm sei, sie einmal zu sehen. Er fürchtete mich zu verletzen.

Als ich sie gesehen hatte, verstand ich ihn. Sie versprühte einen unglaublichen Charme wenn sie einen anstrahlte, sympathisches Gesicht, braune Augen, kurze, dunkelbraune Haare, makellose Figur, wohlgeformte Beine: So stellte ich mir die Traumfrau manchen Mannes vor. Er verehrte sie wie eine Heilige.

Auch sie war, wie ich, nach einiger Zeit ein paar Mal bei ihm im Büro. Sie tranken zusammen Kaffee, erzählten, tauschten kleine Zärtlichkeiten aus. Mehr nicht, er behandelte sie eben wie eine Heilige. Wollte nicht ihre Gefühle verletzen, ihr Leben nicht belasten.

Glücklich vertraute er mir an, sie zum Spaziergang im Stadtwald getroffen zu haben. Hand in Hand seien sie gegangen.
Von einem Kollegen erfuhr er, dass sie das Gegenteil einer Heiligen und die Geliebte eines ungepflegten Mitarbeiters war. Sich mit anderen Bekannten in zwielichtigen Gasthäusern außerhalb Kölns traf.
Wer konnte besser mitfühlen als ich, wie sehr es ihn verletzte? Zu vertrauen, dann hintergangen und belogen zu werden. Wenn nicht mit Worten getäuscht, aber mit ihrem Verhalten. Ernüchtert und zornig war er. Ich muss gestehen, er tat mir zwar sehr leid, aber es tröstete mich, weil mit uns beiden nun alles wie gewohnt blieb.

Unser Zusammensein wurde immer selbstverständlicher, verlief langsam in ruhigeren Bahnen. Inzwischen lernte ich auch seine Familie kennen. Es hatte sich so ergeben. Ohne erklären zu müssen, dass wir uns schon lange kannten.
Das „unmoralische" unserer Beziehung wurde uns aber dadurch bewusster. Doch ganz auf einander zu verzichten, war inzwischen unmöglich. Wir brauchten einander. Aber jede Verabredung außerhalb meiner Wohnung wurde nun zum Risiko.
Als ich merkte, wie unglücklich er oft war, kam ich auf die Idee, ihn einer Frau begegnen zu lassen, die ihm gesellschaftlich viel zu bieten hatte. Eine Frau, die auf mich schon immer einen starken Eindruck machte. Und nicht nur auf mich. Eine lebhafte Person, wortgewandt, mit vielen Verbindungen. Die seiner Familie unbekannt war.
Halbherzig ging er auf meinen Vorschlag ein. Ich knüpfte Fäden, ohne selbst in Erscheinung zu treten. Es funkte bei ihr verwirrend schnell, schneller und anders, als ich erwartet hätte. Zu meinem Erstaunen plagte mich nun doch heftige Eifersucht.
Sie verhielt sich so anders, als ich sie eingeschätzt hatte. Schon am ersten Tag zeigte sie sich ungehemmt. War ich immer noch zu naiv? Ich bereute schnell, so einen Unfug angezettelt zu haben. Eine nette Bekanntschaft wäre ja gut, aber sie drohte, sein Familienleben zu zerstören.
Man lernt von einem Menschen oft nur die Fassade kennen. Zu spät das dahinter Liegende. Wir waren beide froh, dass die Trennung ohne größeren Schaden ablief. Denn sie hasste ihn inzwischen heftig, das Schlimmste war zu befürchten.

Für mich eine herbe Enttäuschung. Ich lernte daraus. Doch es traf ihn kaum. Zu groß die unterschiedlichen Bedürfnisse. Er gebunden, und sie, obwohl auch verheiratet, immer fordernder. Am Ende unverschämt und rücksichtslos. Sparsamkeit traf auf grenzenlose Forderungen!

Unsere Freundschaft (oder doch Liebe?) wurde jetzt nur noch fester. Ich sah ein, dass ich mich auf diese Art und Weise nie von ihm trennen konnte. Ich hätte es auch kaum noch gewollt. Denn wir gehörten zusammen, obwohl wir in getrennten Welten lebten.

Eine Silhouette
dein Gesicht
vor untergehender Sonne
Dein Haar
ein Silberhelm
Augenbrauen buschig
Schmetterlingsflügelleicht
der Wimpernschlag
Ein letzter Sonnenstrahl
erhellt kurz
deinen leidenschaftlichen Blick
kitzelt die Nase
streichelt die Lippen
zum Kuss gespitzt
sucht im gelockten Bart
dein energisches Kinn

Dein Gesicht
ein Scherenschnitt
eingebrannt in meiner Netzhaut
und in meinem Herz

Wie sich entscheiden
Wer bin ich fragte er sich
Gefühl zwiespältig

Markus

Ein sonniger Sommermorgen. Fenster und Türen unserer Schreibgruppe an einem Wochenendseminar offen. Draußen ging ein Pärchen vorbei. Sie blieben stehen, sahen in unseren Raum. Wir starrten die beiden an. Ihr Aussehen irritierte uns. Sie waren ungefähr gleich groß. Er zierlich, mädchenhafter Typ trotz eines spärlichen Bärtchens, sie eher männlich. Er anziehend, sie weniger.
Wir wussten es zuerst nicht, was uns nachher einiges erklärte: Es war CSD-Tag. Mich interessierte alles nicht Alltägliche. Die beiden weckten meine Fantasie sofort. Neugierde auf das dahinter Liegende. Sie traten ein und erkundigten sich, was wir hier machten.
„Wir beschäftigen uns mit Literatur und schreiben eigene Texte."
„Können wir uns mal zu euch setzen?", fragte Markus. „Macht doch einfach mit."
Markus war begeistert, sie verhaltener. Aber man spürte sofort die Sprachgewandtheit der beiden. So kam Markus auf Dauer zu uns in eine Schreibwerkstatt. Sie konnte sich mit dem Schreiben nicht so anfreunden, blieb mit der Zeit fern. Markus und ich kamen gut miteinander aus. Ich ignorierte seine Zicken. Und sonst waren wir uns sympathisch.
An einem Samstag hatte ich die Vertretung dieser Wochenendgruppe. Es war Urlaubszeit. Ich nahm meine Enkelinnen Hannah und Miriam mit. Hannah war immer schon ihrem Alter voraus. Sie schrieb gleich mit. Miriam, im ersten Schuljahr, konnte noch nicht schreiben. Aber überraschend für mich verfasste sie mit Feuereifer in Druckbuchstaben sofort eine Geschichte. Ich konnte nur staunen. Markus war so begeistert, dass er leider Miriams Geschichte an sich nahm. Bereue heute noch, das zugelassen zu haben. Wäre eine Erinnerung. Doch er ging so lieb auf die Kleine ein und überrumpelte mich. Später erfuhren wir, er war Lehrer. Vergaß in den Seminaren leider oft, nicht seine Schüler vor sich zu haben. Dadurch verärgerte er manche Teilnehmerin.

Mit der Zeit erfuhr ich einiges aus seinem Leben. Sein Vater war ein bekannter Arzt. Vier Geschwister waren sie. Als Mädchen war er zur Welt gekommen. Hatte sich immer als Junge, später als Mann gefühlt. Wie weit seine Geschlechtsumwandlung gediehen war fragte ich nicht. Er war ein zerrissener Mensch, selten richtig glücklich. Seine Beziehungen zu Frauen waren über Jahre harmonisch, dann gingen sie wieder in die Brüche. Mehrmals kam er mit psychischen Schwierigkeiten in Kliniken.

Es war zwar schwer mit ihm umzugehen, doch er war ein liebevoller, sensibler Mensch, der mit seiner Wirklichkeit offensichtlich nicht zurecht kam. Dann wurde er anstrengend. Er suchte immer den Kontakt zu mir. Lud mich öfter ein, mit ihm einen Club zu besuchen. Ich konnte mit dem Begriff nichts anfangen. Club der toten Dichter? Englische Clubs in Krimis? Mehr fiel mir nicht ein. Aber egal welcher Art auch immer, das wäre nicht meine Welt. Blieb lieber für mich. Kam freundschaftlich mit ihm klar, mehr wollte ich nicht.

Eines Tages bat er mich, zu einer Hausbesichtigung mit ihm in den Westerwald zu fahren. Er und seine Lebensgefährtin wollten weg aus Köln, planten, ein Haus auf dem Land zu kaufen. Sie hatten viele Ideen, wollten ihr Leben anders gestalten. Zwei Häuser zogen sie nach intensivem Abwägen in die engere Wahl. Jetzt sollte ich noch mal mit Markus dort hinfahren, um auch mir ein Urteil zu bilden.

Das erste Haus missfiel mir. Lag an einem Schattenhang. Hatte für mich „keine Seele". Zu groß, ungepflegt, unübersichtlich. Innen wirkte alles alt, muffig, ungemütlich.

In das zweite Haus verliebte ich mich sofort. Leicht bergauf ging die Fahrt. Hinter einer Kurve lag es auf einer Anhöhe. Wie ein kleines weißes Schlösschen, das uns von oben erwartungsvoll beobachtete, so wirkte es auf mich.

Markus holte den Schlüssel aus der Tasche. Er hatte geahnt, ihn zu brauchen. Lichtdurchflutete Räume. Trotz aller Helle konnte man Wärme spüren. Über mehreren Etagen waren die Zimmer versetzt gebaut. Gaben ihre Geheimnisse erst nach und nach preis. Wenige Türen. Die Böden aus weißem Marmor. Ich fühlte mich sofort heimisch. Markus auch. Nur über die vielen Zimmer war ich verwundert, soviel für nur zwei Personen?

Er sei viel unterwegs, hielt Vorträge, klärte er mich auf. Er plane, hier kleinere Seminarräume einzurichten mit Möglichkeit, im Haus zu übernachten. Räume, in denen Paare, die die Gesellschaft ablehnte, ein Wochenende verbringen konnten.

Er zeigte mir die geräumige Garage, auf deren Dach er ein kleines Schwimmbecken plante. Ich hätte es doch eher in den Garten verlegt? Obwohl er sofort betonte, wenn der Nachbar durch die Hecken sehen könnte, ihm das nichts ausmache. Er lernte die Familie schon kennen. Freute sich über deren Kinder. Er hatte ja leider keine. Genoss, sie in seinem Garten spielen und auf der Schaukel zu sehen. Im Souterrain befand sich ein geräumiges Zimmer mit blassblauem Teppichboden. Dort wollte er für die Gäste einen Swingerraum herrichten.

Zu dieser Zeit noch uninteressiert und unerfahren in den Abarten des Liebeslebens an einen Tanzsaal denkend, schlug ich ihm vor, dass gerade hier Marmor doch zweckmäßiger sei, um besser gleiten zu können. Konnte mir seinen befremdeten Blick nicht erklären. Wir redeten aneinander vorbei. Er glaubte ganz selbstverständlich, ich wüsste Bescheid. Ich vermutete, sein Haus sollte ein außergewöhnlich schönes Gästehaus werden. Bewunderte seine soziale Anteilnahme an Ausgegrenzten.

Stutzig machte mich eine Verabredung mit dem Bürgermeister. Er war mir sofort unsympathisch. Kam uns im Stechschritt mit seinen bis zum Knie reichenden schwarzen Stiefeln entgegen. Wie aus der Hitlerzeit übrig geblieben. Spürte fast den Zwang, den rechten Arm zum Gruß zu erheben.

„Ich habe nichts gegen ihren Zuzug in den Ort. Einen Puff haben wir auch erfolgreich eingegliedert", sagte er überheblich mit anzüglichen Grinsen.

Mir blieb die Luft weg bei dieser Frechheit. Doch es ging mich ja nichts an, wollte mich nicht einmischen. Draußen machte ich meiner Wut Luft. Markus nahm es gelassener. Sein Entschluss stand fest, dieses Haus sollte es sein. Machte Pläne, wie er sich ins Dorfleben einbringen würde. Für alles Künstlerische aufgeschlossen war er, spielte mehrere Instrumente.

Zum Dank, dass ich mitgefahren war, lud er mich nach einer Woche zum Essen ein. Ein harmonischer Abend. Zum Abschied gab er mir einen Kuss. Bat mich wieder, mit ihm doch mal einen Club zu besuchen.

„Brauchst ja nicht ohne Kleidung herumzulaufen. Ein leichtes erotisches Hängerchen genügt doch. Du brauchst nichts zu tun, was du nicht willst!"

Ich war nicht mehr irritiert über seine Bemerkungen, hatte Henning mich doch nach dem Ausflug in den Westerwald amüsiert aufgeklärt, was es mit Markus Haus auf sich hatte. Swingen nicht unbedingt nur mit Musik und Tanz zu tun hatte. Er bot an, mich zur Einweihungsparty des Hauses zu begleiten, wenn ich die Einladung annehmen wollte und allein Hemmungen hätte.

Mit Henning hätte ich die Einladung annehmen können. Entfernen konnten wir uns dann immer noch. Wollte auch Markus Einladung nicht ausschlagen und ihm die Freude machen. Aber es kam nie dazu.

Doch mit der Schreibgruppe verbrachten wir bei ihm zweimal beschauliche Stunden. Schrieben bei sonnigem Wetter in romantischer Gegend gefühlvolle Texte.

Waren die anderen vielleicht ahnungslos? Wussten sie, was er so alles vorhatte? Wären sie sonst seiner Einladung nicht gefolgt? Er bot später dort eigene Schreibseminare und andere interessante Kurse an. Das richtete sich ja auch danach, was im Ort durchgeführt werden konnte. Nicht nach den Wunschträumen eines Mannes.

Unsere Schreibwerkstatt konnte er leider nicht länger besuchen. Eine Teilnehmerin stellte die Bedingung: Er oder ich! Sie kam mit seinem lehrerhaften Verhalten nicht zurecht. Ich versuchte es ihm schonend beizubringen. Wollte ihn nicht verletzen, und sie nicht verlieren.

Anschließend war er fahrig, unkonzentriert, seine Texte dunkel. Rief ihn gegen Abend an, um mich zu beruhigen. Ein Freund hatte ihn schon vor einem falschen Entschluss bewahrt.

Ab und zu hörte ich noch von ihm. Besuchte ihn in einem Krankenhaus bei Köln. Er kam zu dieser Zeit wieder nicht mit dem Leben zurecht.

Ich hatte es in einem Samstag-Seminar, das er noch besuchen konnte, schon geahnt. Wir hatten getöpfert. Er formte eine Schildkröte. Er erzählte, für ihn und seine ehemalige Lebensgefährtin sei es ein Symbol-Tier gewesen.

Das letzte Lebenszeichen nach Jahren war eine Einladung zu einer Kreuzfahrt. Seine Lebensgefährtin hätte sich von ihm getrennt. Für ihn war selbstverständlich, dass ich mit ihm käme. Die Karten hatte er ja schon.

Diese sprunghafte Art kannte ich nur noch zu gut aus meiner ersten Ehe. Ich habe mich nicht mehr bei ihm gemeldet. Ob er wieder mit ihr zusammen ist? Möchte schon wissen, wie es ihm heute geht. Bin aber nicht so interessiert, ihn zu suchen. Auch Henning hat ihn nicht vergessen. Wir grübelten oft, ob Markus zufrieden und glücklich auch ohne Erfüllung seiner Träume geworden ist.

Klassenkameradin Erika

1946 meldete mich mein Vater gegen meinen Willen vom Gymnasium ab, und in der Handelsschule der Schulbrüder von La Salle in Bad Honnef an.
Zur Strafe, weil ich in einer Latein-Klassenarbeit eine fünf bekam. Sonst immer die Beste, da ich schon in der Zeit, als alle Schulen bei Kriegsende geschlossen waren, bei einem uns bekannten Lehrer freiwillig Latein gelernt hatte. Unser Lehrer im im Jungengymnasium fand sich nicht damit ab, mich als einziges Mädchen immer noch in der Klasse zu haben. Ich existierte für ihn nicht. Das dämpfte meinen Lerneifer. Aus Langeweile saß ich im Unterricht allein in einer Bankreihe und strickte. Doch gerade an diesem Tag lobte er mich, als einzige der Klasse fleißig zu sein. Die Jungen hatten Spaß und sahen ironisch auf mein Strickzeug. Das Gelächter irritierte ihn.
Ich kam nach Hause und wurde vor vollendete Tatsachen gestellt.
Zu sehr traf es mich, meinen Wunsch, Lehrerin zu werden, zerstört zu sehen. Auf ein anderes Gleis geschoben zu werden. Ausweglos kam mir alles vor. Galt bei meinen Eltern sowieso nichts.
Jetzt sollte ich auf schnellem Weg zu einem Abschluss kommen. In ein anderes Leben, als das, was ich anstreben wollte. Ich hatte vorübergehend allen Lebensmut verloren. Sah keinen Sinn mehr.
Es wurde nicht leichter für mich. War noch keine vierzehn Jahre. Kam mit Erwachsenen in die nach dem Krieg wieder eröffnete Handelsschule. In eine Klasse mit zum Teil heimgekehrten, schwer verwundeten Männer und erwachsenen Frauen.
Ein junges Mädchen meines Alters konnte ich gut leiden. Aber unsere Lebensbedingungen waren zu unterschiedlich, als dass ich näher mit ihr zusammen kommen konnte. Ihr Vater war Arzt in Berlin, glaube ich mich zu erinnern. Man spürte sofort, sie wurde anders behandelt. Obwohl die Schulbrüder mit allen fair umgingen.
Ich war bei ihr ein- oder zweimal eingeladen. Aber in unsere schmutzige, primitive Unterkunft hätte ich keine Gegeneinladung machen können. Doch auch nicht dürfen. Meine Mutter hat auch in besseren Zeiten nie Besuch geduldet. Niemand genügte ihren Ansprüchen. Alle verdächtigte sie, spionieren zu wollen.

Dann war da noch eine junge Mitschülerin. Sie hieß wie ich Erika, nur zwei Wochen älter. Die aber einen erwachseneren Eindruck machte. Sie war leider auf eine unbestimmte Art und Weise unnahbar.

Fünfzig Jahre nach unserem Abschluss zu einem Klassentreffen eingeladen, und im Mailwechsel mit ihr, erfuhr ich die Hintergründe ihrer Zurückhaltung. Auch sie schämte sich ihrer damaligen häuslichen Verhältnisse.

Einer der ehemaligen Mitschüler hatte mit viel Mühe unsere heutigen Adressen herausgefunden. Bei den Mitschülerinnen war es durch Heirat schwierig, sie aufzufinden.

Mit Herzklopfen fuhr ich zu diesem Treffen. Denn ich hatte ja nie mehr mit jemandem aus der Klasse Kontakt. Da ich außerdem den Abschluß durch gute Englischkenntnisse auch noch ein halbes Jahr früher machte, waren noch weniger Verbindungen zu den anderen. Doch am hinderlichsten war meine Selbstkritik, mein fehlendes Selbstwertgefühl.

Alles sah so anders aus. Das frühere Gebäude war durch einen modernen Bau ersetzt worden. Viele der alten Bäume waren gefällt, der Park kleiner geworden. Oder trog die Erinnerung? Alles kam mir fremd vor.

Auch ich selbst war zur Zeit unseres Treffens nicht mehr die, die ich früher war. Ich empfand ihre Freude mich zu sehen als seltsam. Wo war die erwartete Zurückhaltung?

Neugierig kamen sie auf mich zu. Freundlich nahmen sie mich in ihre Mitte. Sogar die Männer begrüßten mich, sprachen mit mir. Waren neugierig, von meinem jetzigen Leben zu erfahren.

Und ich? War erleichtert, kam aber schlecht in alter Umgebung aus meiner früheren Rolle heraus. Erst so nach und nach wurden mir einige Gesichter der ehemaligen Schüler und Schülerinnen wieder vertraut. Namen fielen mir ein. Ich stellte Fragen.

Wir verbrachten ein Wochenende miteinander. Saßen abends in einem Lokal zusammen, frischten Erinnerungen auf. Wir Gäste von auswärts übernachteten in Hotels.

Nach dem Frühstück war ein Gottesdienst geplant. Erinnerten uns an den unsympathischen Pfarrer, der gerade von uns Mädchen bei der Beichte Intimes erfahren wollte. Einige der Älteren beschwerten sich damals bei unseren Lehrern.

Wir sahen uns vor dem Mittagessen das Honnef von heute an. Entdeckten, was sich alles geändert hatte. Viele waren immer dort geblieben. Doch gerade wir, die inzwischen überall auf der Welt sich ein neues Leben eingerichtet hatten, mussten nach Vertrautem aus der Vergangenheit suchen.

Wir einigten uns, den Abstand zum nächsten Treffen statt nach fünf schon nach zwei Jahren zu planen. Wir waren ja alle schon älter und wer weiß, wer das nächste Mal noch dabei sein konnte.

Mit Erika tauschte ich Mail-Adressen aus, die wir beide damals schon hatten.

Ein reger Briefwechsel entstand. Wir entdeckten uns neu. Ich fuhr auch zu Treffen, Stammtisch nannten sie es, die von einigen, die in der Nähe Honnefs wohnten, schon vor Jahren gegründet wurde.

Liebe Erika! 17.04.2002

Erst heute entschließe ich mich, Dir zu schreiben. Dein Brief hätte zwar schnelles Antworten erfordert, aber das Leben fuhr wieder ein wenig mit mir Achterbahn Doch mein Therapeut ist momentan stolz auf mich! Mir fehlt nur in trüben Momenten die nötige Distanz, um zu schreiben.
Dank an Euch für die Zeitungsausschnitte und Bilder. Ich freute mich besonders, meine Erinnerungen mit dem Zeitungsartikel übereinstimmen zu sehen. Wenn ich mich damals in der Klasse auch nie zugehörig fühlte, sagte ich immer, dass ich in eine außergewöhnlich gute Schule gegangen bin. Wenn man die Ehemaligen heute neu kennen lernt, merkt man die Prägung noch deutlich.
Gestern habe ich an Euch gedacht, weil Ihr Euren Stammtisch hattet. Ich denke jetzt öfter an Euch. Mir fallen Namen ein, auch einzelne Begebenheiten. Bin gespannt, woran ich mich noch erinnere!
Jetzt zu Deinem Brief. Was Du so an Kindern und Enkeln bietest, da kann ich leider nicht annähernd mithalten. Ich habe nur zwei Kinder, Sohn und Tochter. Von der Tochter meine zwei Enkelinnen. Sie machen mir riesige Freude, vor allem das unbeschwerte Heranwachsen beobachten zu dürfen, das ich nie erlebte. Mehr dazu, wenn wir uns näher kennen lernen sollten.
Das scheint mir verlockend. Ich bin zwar nicht nur auf das Schreiben fixiert, aber jemand, mit dem man schriftlich Gedichte und Gedanken austauschen kann, fehlte mir noch in meiner Sammlung!
Dein Gedicht mit philosophischem Hintergrund ist interessant! Besonders, wie Du das Thema „Wand" oder „Mauer" gelassener, eben philosophischer abhandeltest als ich. Deshalb lege ich Dir mein vermutlich erstes aus den Anfängen meiner Erkenntnisse durch die Schreiberei bei. Es ist aus der Zeit, als ich die Therapie begann.

Tief innen
ein Vulkan
Schmerz
eingefangen
hinter starken
türenlosen
Mauern
ich steh davor
spotte seiner
missachte
seine Kraft
um zu überleben
lass lachend
Druck ab
und fürchte doch
tief innen
den Ausbruch
die Vernichtung
meines Ichs

Monate später:

Mit dem Rücken
zur Wand
um mich herum
nur kalte
dunkle Mauern
versperren
unüberbrückbar
meinen Weg
doch deine Hand
hält meine fest
zeigt mir den Ausweg
sie zu überwinden
den Weg zu gehn
zu Freiheit
Wärme
Licht

Ich muss protestieren: Was heißt hier, du hättest kein Talent? Zu Wort-Spielereien braucht man fast keins, alles andere kommt mit der Übung. Wäre schön, von Dir noch mehr „Talentloses" zu lesen!
Jetzt noch mal zu dem Thema: Warst Du das …?
Mir fiel ein, dass ich an dem Tag einer Wanderung der Klasse durch das Nachtigallental mit Hildegard (Margret würde ich ausschließen?) nach Honnef gelaufen bin um Dich am Bahnhof zu treffen. Ich teilte meiner Mitschülerin, wer immer es auch war, mein Befremden mit, von derjenigen geradezu abgewehrt zu werden, sie zu Hause abzuholen. Das könntest wirklich nur Du gewesen sein. Denn Du äußertest Dich, Du hättest Dich so geschämt, weil Ihr so bescheiden wohntet. Damals habe ich resigniert gedacht: Die mag mich auch nicht. Wenn Du wüsstest, in welch schmuddeligem Hexenhäuschen wir damals wohnten, weil meine Eltern so lebensuntüchtig waren! Alle meine Versuche, etwas zu ändern, ein wenig Sauberkeit zu schaffen, brachten nicht viel.

Heute sage ich, dass wir sehr zufrieden sein können, es mit schlechten Startbedingungen so weit gebracht zu haben.

Ich lege Dir, fast ohne Hintergedanken, zwei Einladungen bei. Wenn Du vielleicht am 16.6. Zeit hättest?

Ich grüße Dich und bin auf Deine Antwort gespannt!

Liebe Erika!

Zuerst den Text von mir, auf den du dich in deiner Mail bezogst.

Heimkehr

Nicht Heimkehr, Rückkehr.
Oft kam ich zurück.
Kam vorbei an geschlossenen Türen.
Öffnete eine Tür nach der anderen.
Ich hatte sie – teils freiwillig, teils zwanghaft –
nach und nach geöffnet.
Vor kurzem die Klappe zum Keller.
Sah mich um.
Verzweifelte, erschrak.
Wurde angezogen,
wurde abgestoßen von den Räumen dahinter.
In die Dunkelheit brachte das Erkannte Licht.
Ich stieg auf – in die Freiheit.
Verschloss Raum für Raum.
Stehe nun im Flur in dem See meiner Tränen.
Blicke mich noch einmal um,
verlasse meine Vergangenheit
ohne Zorn, ohne Bedauern.
Finde heim über die Straße der Vergangenheit
in das Haus der Gegenwart.
Spüre Frieden im Garten meiner Zukunft.
Heimkehr.

(Nach Kafka: Heimkehr)

Liebe Erika! 2.5.2002

Es ist 17.40 Uhr. Gerade krieche ich aus dem Bett! Ich hatte heute „Babysitter-Dienst" bei meinen Enkelinnen. Habe alle mit leckerem Fisch-Essen verwöhnt, mit meiner Tochter reichlich in deren Mittagspause gequasselt, die Kinder geknutscht und bin – da ich *auch* keine Lust zu nichts mehr hatte, wie Du hellseherisch hellgesehen hast, nach Hause zum Nachmittagsschlummer. Da ich noch immer Unlust und sonst nichts habe, quäle ich meinen PC etwas, und was finde ich: Einen Brief meiner Mithexe!
Über welche Praktiken ich verfüge? Ich weiß es nicht! Ich verhexe ab und zu ungewollt mal einen Mann ... und panisch flüchte ich dann ohne meinen Besen! Ich muss noch etwas üben. Wer weiß, was dann so alles geschieht.
Sonntag fahre ich übrigens zu einem armen „Opfer" meiner Hexenkünste, der sich mit den alten Riten beschäftigt. Markus heißt er. Sein Vater ist Mediziner, und außerdem in einer Hexengilde! Die Treffen sind immer kurzweilig. Wir erfahren viel über alte Bräuche, gesunde Ernährung und über die Natur im Allgemeinen. Klingt für dich sicher alles etwas seltsam, ist es aber nicht.
Wir treffen uns bei einem der Teilnehmer. Kochen zusammen etwas Schmackhaftes – natürlich aus Naturprodukten. Ein liebevoll gedeckter Tisch, Blumen der Jahreszeit, vielen Kerzen und gutem Wein.
Alles ohne Hokuspokus, wie du sicher geargwöhnt hast? Nun muss ich Deinen vorletzten Brief noch einmal kurz durchlesen, um auch den noch zu beantworten.
Mit meinen „Ungereimtheiten" verhält es sich so: Dieser kurze Text ist ein Meisterwerk der Umschreibung und Verstellung! Ich hatte zuerst befürchtet, mich vollkommen zu entblößen. Aber dem war nicht so.
Nun zu der Therapie: Sicher darfst Du Dich dazu äußern! Denn wenn ich das verhindern wollte, müsste ich nur schweigen, nicht wahr? Mit der Feststellung, mich seit fünf Jahren endlich wohl zu fühlen, doch trotzdem in Therapie gegangen zu sein, fällt mir ein guter Vergleich ein:Ich habe ein gemütliches Haus, verwende viel Sorgfalt auf seine Pflege – aber ich habe einen Keller, der alles andere als schön ist. Um

mich wohlzufühlen, muss ich auch den noch in Ordnung bringen, ihn lüften, die „Leichen" darin endgültig begraben. Ich wünsche Dir ein schönes Wochenende. Ich werde Dir von meinem Hexentag berichten.

Ich grüße Dich herzlich, und bis bald

Erika

Liebe Freundin! 8.5.2002

Zuerst das Gedicht für heute?

Dornenranken
auf vertrauten Wegen
hindern die Sicht
auf Dahinterliegendes
gib auf
dir Wunden zu holen
betrete neue Pfade

1.4.2002

Jetzt habe ich am PC etwas Neues ausprobiert, doch ich kann den Text nicht mehr verschieben. Dann muss es eben bleiben. Ich will mich nicht mit Mr. Higgins (meinem PC!) streiten! Man hat schon so Ärger genug!
So, jetzt zum Hexentag! Ich hatte 1000 Gründe, warum ich nicht fahren wollte, der 1001. (klingt märchenhaft, ja?) war ausschlaggebend, und schwups!, ging es mir besser! Zauberei? Ich habe auch mehrmaligem „Säuseln" von Markus, dem Hexenmeister, widerstanden. Nachmittags war mein Seelenzustand wieder OK. Ich habe mich mit einem Eis belohnt.
Ich habe auch an Dich gedacht. Warum ist der Kontakt mit Dir so normal, macht Spaß, gibt mir auch etwas und ist vielleicht noch ausbaufähig, ohne einengend zu sein? Genug geschmeichelt!
Mit meiner langjährigen Freundin geht es immer weniger. Trotz Deines philosophischen Denkens und da Du *keine* Hexe bist, wirst Du es mir auch nicht beantworten können, warum es nicht mehr geht.
Gleich kommt mein „kleiner Freund", der in Köln etwas zu erledigen hat. Dann gehen wir flott essen, anschließend verschwindet er wieder (hoffentlich)! Denn morgen kommt seine ganze Familie, weil seine Frau ein Seminar in Hennef besucht. Der Rest von uns geht dann bummeln. Sie nehmen mich mit. Komisch, trotz allem Frust mit ihm ist es doch eine beständige Beziehung.

Gestern hatte ich meinen ersten Auftritt als ... sagen wir mal, als Managerin des Cafés des Quäkerhauses (wo unsere Kurse stattfinden). Ich bin gebeten worden, nicht nur ab und zu bei ihnen zu lesen, sondern alle vier Wochen ein 20 bis 30 Minutenprogramm zu gestalten, um auch anderen Leuten mit ihren Hobbys auf die Beine zu helfen. Bei meiner Lust, zu organisieren, macht das Spaß.

Was gibt es bei Dir Neues? Ist Deine Enkelin jetzt mit Ihrer Tätigkeit in Honnef fertig? War das ein Praktikum?

Schluss für heute. Hubert kommt.

Herzliche Grüße
Erika

Zwei Tage später:
Hubert ist mit mir nach Rheinbreitbach gefahren, während seine Frau Traudi das Seminar besuchte. Er wollte sehen, wo ich in der Kriegszeit gewohnt habe. Alleine hätte ich mich nicht getraut, mich den Erinnerungen zu stellen.

Dann war noch Zeit, auf den Drachenfels zu fahren. Tat mir gut, zu merken, dass das Erinnern nicht schmerzt.

Grüße dich
Erika

Erika – zehn Jahre später

Ja, liebe Erika, jetzt kamen von meiner Seite wieder Jahre des Schweigens. Vordergründig schränkte mich meine Gesundheit ein. Mein Asthma wurde ständig heftiger. Wenn ich mich länger von zu Hause entfernte, musste ich Wäsche mitnehmen, um mich umzuziehen, so stark brach mir durch die Luftnot und Husten Schweiß aus. Längeres Autofahren wurde fast unmöglich.
Doch es gab noch einen anderen Grund. So gerne ich mit Dir Mails und Briefe schrieb, umso weniger konnte ich auf Dauer dein zunehmendes Bevormunden ertragen. Du wolltest meine Gefühle mehr lenken, als es mein Therapeut je tat. Auf eine Art, gegen die ich mich innerlich heftig wehrte. Alles wusstest du besser. Ich fühlte mich in die Kindheit zurück versetzt.
Aber das mochte ich Dir nicht sagen. Zusätzlich vermutete ich, Du glaubtest mir meinen schlechten Gesundheitszustand nicht. Du gingst nie darauf ein. Mich für meine Eigenheiten und jetzt auch noch für fehlende Gesundheit entschuldigen zu müssen, hatte ich nicht die geringste Lust.
Du haktest nicht nach, du fehltest mir nicht. Also waren wir uns entbehrlich. Ich hatte noch genug mit mir selbst zu tun. Und das musste ich auf meine Art erledigen.
Am Sonntag, den 16.9.2012 trafen wir uns nach vielen Jahren wieder. Mädeltreffen nanntet ihr es. Von den angemeldeten zehn kamen nur acht. Anneliese war vor Tagen erst gestorben, Ruth kam deshalb nicht.
Für mich fing es gut an, hatte ich mich doch überwunden, mal wieder eine längere Strecke von zu Hause aus mit dem Wagen zu fahren.
Mit den in über sechzig Jahren fremd gewordenen war ich überraschend schnell vertraut. Zwar immer noch die „Jüngste", aber nicht mehr die stumme und eingeschüchterte von damals. War auch durch das Schreiben befreiter, lockerer, selbstbewusster. Es kam zur Sprache, dass von mir eine Autobiografie veröffentlicht wurde.
Also für mich ein harmonischer ermutigender Tag. Abends gingen noch Anrufe und Mails von denjenigen, die Internet hatten, hin und her.

Gestern in unserer Philosophie-Gruppe besprachen wir das Thema *Angst* mit ihren philosophischen Untergruppierungen. Demnach war ich nicht nur, wie mir bekannt, depressiv sondern vielleicht auch manisch gewesen? Alles soweit zum Glück überwunden.

Zu Hause fand ich deine Mail, sicher gut gemeint, ich müsste verzeihen können. Einfach so, ungefragt, unbegründet. Ohne Zusammenhang zu Gesprochenem oder Geschriebenem. Müsste!?

Sollte ich sagen: „Danke Vater, dass du mich berührtest, auch wenn man diese Art von Körperkontakt Missbrauch nennt!" Und „Danke Mutter, dass du mir mit Hass, Ablehnung und Verachtung dein Leben lang die Möglichkeit gabst, stark zu werden."

Wundert es dich, dass mein Gewissen nicht bereit ist, zu verzeihen?

Liebe Erika!

Ein Text für dich, den ich nach deiner Mail schrieb!

Soll ich ihm die Wahrheit sagen?
Eine überflüssige Frage!
Das ist ja das besondere an ihm, ihm kann ich alles sagen!
Sie schreibt mir heute, ungefragt: Du musst verzeihen können.
Einfach so. Sicher gut gemeint.
Sie weiß nicht, wovon sie spricht. Was sie verlangt.
Erinnerungen an einen glücklichen Tag sind zerstört.
Den Satz: Vielleicht kannst du eines Tages verzeihen
hätte ich annehmen können.
Doch *du* siehst meine Tränen, spürst, wie ich leide!
Weißt fast alles vom Erlittenen, weil ich nur dir vertraue.
Fängst mich in der Verzweiflung auf, bis wir beide,
tränennass, vereint Trost finden.
Du, mein Tagebuch, und ich.

Ich freute mich
als deine Augen leuchteten
bei der Erinnerung an deinen Mann

Sah eine andere
als die ich immer kannte
Sah Liebe Glück im Vergangenen
Wehmütig war mir
das erst im Alter kennengelernt zu haben
Kannte nur Ekel Angst Dulden

Verzweifelt war ich
verzeihen zu sollen
lieber wäre ich tot
denn nur vergessen
fällt mir schon schwer.

Doch nicht umsonst
sollte mein Kampf sein
bis zu meinem heutigen Glück
Darum sei behutsam
mit deinem Anspruch
ich müsste verzeihen!

Liebe Erika, begreifst du, ich muss mal wieder eine Zeit lang schweigen, um dich nicht noch einmal zu verlieren? Du bist seit Jahren einen esoterischen Weg gegangen. erfuhr ich von dir.

Machtest mir den Vorwurf, „noch nicht so weit zu sein." Du seiest weiter, könnte dich deshalb noch nicht verstehen. Habe ich mich geäußert, das zu wollen?

Bin den schmerzhaften Weg der Selbsterkenntnis gegangen. Lerne mich immer gründlicher kennen, warum ich die war, die ich heute versuche zu verstehen und zu ändern, dort, wo es für mich angebracht ist.

Warum soll ich auf eine ungewisse Zukunft nach dem Tod hin arbeiten, wenn ich das Leben heute so spannend und lebenswert finde? Meinen Vorschlag, jede von uns beiden ihren Weg gehen zu lassen, tolerant dem anderen gegenüber zu sein, hast du nicht einmal mehr beantwortet.

Und ich glaubte, wir hätten uns früher so viel zu sagen gehabt. Du hast deine Familie und die Esoterik. Dein Misstrauen allen Menschen gegenüber hat dich einsam werden lassen. Doch nicht die Esoterik macht dich einsam, sondern wie du damit umgehst.

Habe ich jemals gesagt, du könntest *meinen* Erkenntnissen nicht folgen? Auf meinen Vorschlag, uns auf neutralem Boden zu verständigen, bist du nicht eingegangen. Schade!

Deine Namensschwester Erika

Meine Augen streicheln dich
glätten die Spuren der Jahre
streifen scheu deine Lippen
und erinnern sich
suchen deinen Blick
und vergessen die Zeit

Henning

Ich frage mich immer wieder, warum Henning und ich zusamenpassen wie ein Reißverschluss. Es war ja nicht so, dass wir beide niemand anderen kennen gelernt hätten. Möglichkeiten gab es schon. Doch für mich war Henning immer wie „zu Hause sein"!

Wenn ich dann ausnahmsweise wissen wollte, was er so empfand, ob er mich vermisst hat, sagte er „Weißt du das nicht?" oder „Das weißt du doch!" oder „Warum treffen wir uns denn immer, wann es möglich ist!".

Dann habe ich oft mitleidig gesagt: „Ist ja schon gut!" Denn einmal meinte er: „Du hast es gut. Du kannst schreiben!"

Muss man seine Gefühle aber immer in Worte fassen? Gesagt oder geschrieben? Nur wer Gefühle nicht spüren kann, ist arm dran. Und ich weiß, wovon ich rede.

Doch auch ich habe immer noch Schwierigkeiten, mich perfekt oder gefühlvoll zu äußern. Flüssig zu schreiben, ohne in irgendwelche Fallen zu tappen, werde ich wohl nie lernen. Wenn ich für einen Text gelobt werde, ahnt niemand, wie viel Arbeit dahinter steckt.

Ich habe ja sehr spät damit angefangen. Kommt mir noch oft vor wie eine Fremdsprache. Ich merke wohl, ein Satz, ein Wort, klingt seltsam. Warum, kann ich nur mutmaßen. Doch falsch oder richtig kann ich vom Gefühl her schon unterscheiden.

Anfangs sagte mein innerer Ratgeber: Augen zu und durch! War nicht gut, wusste ich. Damit habe ich unseren Verleger oft verzweifeln lassen. Aber wo anfangen, mich zu ändern? Meine Gefühle auf Papier zu bringen ging gar nicht. So blieb mein Stil ungelenk. Gute Ideen hatte ich, aber das war auch schon alles. Es fehlte etwas. In Gedichten fiel es mir leichter. Ein Korsett, das mir Halt gab. Fand in der Literatur

Vorbilder. In strengen Formen kann ich leichter beschreiben, was ich spüre. Im Kopf muss ich mich dann weniger auf Gefühle, sondern mehr auf Silben, Rhythmus, usw. konzentrieren.

Doch mich Henning mit Worten zu nähern, gesagt oder geschrieben, fällt mir immer leichter.

Heute ist Mittwoch, der 22.2., sagt mir der Kalender. Am Nachmittag kommt Henning.

Ein Blick aus dem Fenster präsentiert ein Wetter, das keiner Frau steht. Grau in Grau, dazu heftiger Nieselregen.

Zu allem Übel laufe ich draußen einer Nachbarin in die Arme. Die hatte mir heute noch zu meinem Glück gefehlt. Sie scannte mich regelrecht von unten nach oben. Beim Gesicht angelangt meinte sie sich äußern zu müssen: „Sie sehen aber gar nicht gut aus! Sind sie krank? Zugelegt haben sie auch ziemlich!" Wenn Blicke töten könnten, hätten wir im Haus bald eine Wohnung frei. Wutschnaubend stürmte ich davon. Ob sie vielleicht Recht hat?

Im nahe gelegenen Woolworth war es warm und trocken. Die zahlreich aufgehängten Spiegel quälten mich zusätzlich mit meinem Abbild. Attraktiv ist wirklich anders, gab ich meiner neuen Feindin Recht. Mit hängenden Schultern trödelte ich ziellos von Ausstellung zu Ausstellung, bis mein Blick an der neuen Frühlingsmode ankerte. Und plötzlich sah ich rot.

Meine Lieblingsfarbe. Mohnrot, ein schlicht geschnittenes zweiteiliges Kleid nahm meine Blicke gefangen. Lächelnd kam eine Verkäuferin auf mich zu.

„Kann ich ihnen helfen?", fragte sie mich freundlich. Ich zierte mich nicht lange. Ich nahm ihre Hilfe gerne an. Das Oberteil umspielte meine Fülle angenehm. Die Farbe stand meinem Gesicht. Der rosenblütenweich fallende Stoff des Rockes aus dem gleichen Material schmeichelte meiner Figur. Meine Laune stieg. Ich hatte nach der Begegnung heute Morgen Trost nötig. Ich war mit der Verkäuferin über meine Verwandlung begeistert.

„Ich bin noch nicht ganz zufrieden. Warten sie einen Augenblick", meinte sie. Kurz darauf legte sie mir eine dreireihige Modekette in verschiedenen Rot- und Goldtönen um.

„So sieht es noch besser aus", begeisterte ich mich.

Doch ihr Blick glitt zu meinen Schuhen.

„Zum Schmuddelwetter praktisch, aber nicht zu diesem Kleid.

Kommen sie, ich begleite sie. Gerade erst Montag haben wir die Frühlingskollektion bekommen." Mit sicherem Geschmack brachte sie mir rot-schwarze Sandaletten. Ich war begeistert.

„Soll ich ihnen alles einpacken oder behalten sie es gleich an?" Was für eine Frage. Ich will nicht mehr in meine alte Haut zurück. Besonders, weil ich heute Henning treffe.

Gut gelaunt eilte ich nach Hause. Der Regen machte auch eine Pause.

Es war schon Abend, als ich mit meinem rotschwarzen Cabrio mit roten Ledersitzen vor meinem Daheim parkte. Mit Schwung stieg ich aus, legte den schwarzen leichten Kaschmirmantel lässig über meine Schultern, klemmte mir die perfekt passende Safranledertasche unter den Arm, schaute an der Hausfront hoch und rief: „So du graue Maus, du bösartige Schlange, jetzt kannst du mir noch einmal über den Weg laufen oder vor die Räder!"

Das Klingeln an der Wohnungstür weckte mich. Ich war wohl eingeschlafen. Henning kam.

Wo magst du jetzt sein
Du wolltest so gern leben
Voll Trauer mein Herz

Hattest noch viele Träume
Erinner mich oft daran

Der Verleger

Ob er erkannte, dass mehr in mir steckten könnte, als ich selbst ahnte? Er hat mich auf jeden Fall mit viel Geduld auf den Weg gebracht.
Ich besuche bis heute immer noch unseren Schreibkurs. Ging zusätzlich in verschiedene andere. Wollte mehr Leute kennen lernen. Ich stellte fest, dass die Gruppen unterschiedlich waren. Bei manchen blieb ich nur kurz, bei anderen gefiel es mir und ich blieb einige Jahre.
Ideen hatte ich reichlich, doch mit der Formulierung haperte es immer noch. Ich hörte selbst, da stimmt einiges nicht, doch mir war selten klar, was es war. Da half kein Lesen bekannter Schriftsteller. Kein Berichtigen meiner Texte durch andere Schreibende, die glaubten, es besser zu können.
Die damalige Kursleiterin hatte an uns kein weiterreichendes Interesse, auch bei vielen guten Seiten, die sie hatte. War es schlecht, was wir zu Papier brachten, gingen die Augenbrauen hoch, die Mundwinkel runter. Je nach Laune wurden wir fertig gemacht. Wurden wir aber immer besser, spielten wir mit unserem Leben!
Eines Tages bekam ich vom Herrn Verleger einen Anruf.
„Warum beteiligen sie sich nie an meinen Wochenendseminaren?", fragte er. „Nie reichen sie etwas für meine Anthologien ein!"
War einfach zu beantworten.
„Sie suchen gute Autorinnen, was sie immer betonen. Ich bin weder gut noch Autorin. Ich versuche nur ein wenig zu schreiben. Ihre Einladungen klingen für viele von uns hochmütig, hat einige, wie auch mich, verärgert und abgeschreckt."
Schweigen in der Leitung.

Dann rückte er mit seinem Anliegen raus. Er hätte von mir von einer Geschichte gehört – oder auch gelesen? – die ihm gut gefiel.

So konnte die Kursleiterin also auch sein. Denn sonst kannte die Geschichte außer der Schreibgruppe niemand.

Es war ein Fantasie-Tagebuch in einem Fantasie-Urlaub. Diesen Text sollte ich doch für ein Wochenendseminar bei ihm mal einreichen. Bitte.

Die Teilnehmer an seinen Seminaren würde ich doch fast alle kennen! Warum ich da noch Bedenken hätte?

„Sie sind alle viel besser als ich."

„Das sehen sie falsch", seine Antwort.

Also sagte ich zu. Wollte es einmal versuchen.

Doch ich musste gestehen, dass mein Herz wie ein aus dem Takt geratener Schiffsmotor tuckerte!

Denn dieser Verleger war für mich ein „Halbgott". Ich arbeitete zwar schon länger für ihn, doch das war nur Zuliefern von Schreibarbeit. Er war mir fern wie der kalte Mond. Sein Ruf bei denen, die ihn kannten, eher abschreckend.

Ich druckte also meinen Text aus und brachte ihn zur Post. Und sollte während des Seminars auch erfahren, dass er Recht hatte. Hatte Mitleid mit einer Vorgeführten.

Tagebuch

Geschrieben während eines außergewöhnlichen Urlaubs.

1.6.
Ab heute sind sie also für vier Wochen fort. Auf ihrer Traumreise - meine besten Freunde Inge und Gert. Da ich die Einsamkeit liebe und für dieses Jahr keine Reisepläne habe, griff ich sofort zu, als sie mir das Hüten ihres schon fast verwunschen liegenden Waldhauses anboten. Kein Telefon, kein Strom, das konnte mich nicht abschrecken. So konnte ich der ungeliebten Großstadt für einige Zeit entfliehen.
Strahlender Sonnenschein wird durch die dichten Baumkronen gefiltert. Außer dem Trillern und Tschilpen der Vögel, dem Wind in den Wipfel, dem Knacken des trockenen Holzes, dringt kein Laut in diesen Frieden. Kein Auto, kein Telefon. Es duftet nach Waldboden, Pilzen, Tannen und Harz. Herrlich!

2.6.
Heute, nach dem Aufstehen, nahm ich mir verschiedene Hausfrauentätigkeiten vor. In der Hängematte pausierte ich nach dem Essen mit einem Buch, das ich schon lange einmal lesen wollte, es aber nie schaffte, weil mir einfach die Ruhe und Zeit dazu fehlte. Ich muss wohl eingeschlafen sein, denn als ich erwachte, war es merklich abgekühlt und dunkelte schon.

3.6.
8.00 Uhr Trotz des ausgiebigen Mittagsschlummers habe ich in der vergangenen Nacht fest und traumlos geschlafen. Heute werde ich die nähere Umgebung erkunden.
20.00 Uhr Es dämmert schon. Der Tag war herrlich! Eine lange Wanderung auf gut ausgeschilderten Wegen, Picknick im Wald, Einsamkeit, Ruhe und Frieden. Seltsam, dass man in dieser eindrucksvollen Landschaft keinem Menschen beggenet. Gedanken an Hänsel und Gretel – Albträume aus der Kinderzeit – tauchten auf. Fort mit den Hirngespinsten! Diese Zeit liegt weit hinter mir.

4.6.
Obwohl ich müde war, wollte kein erholsamer Schlaf kommen. Ich werde den Tag in der Nähe des Hauses verbringen. Hätte ich doch zur Gesellschaft wenigstens ein Tier, mit dem ich sprechen könnte!

5.6.
Um das Haus flattern mit lautem Krächzen ein paar Raben. Ob sie wohl Haferflocken oder etwas von meinem Müsli picken werden? Ich habe einmal gehört, dass ein Rabe, den man gefangen hielt, zahm wurde und das Sprechen lernte. Ich werde versuchen, einen anzulocken.

6.6.
Ich habe natürlich keinen dieser Vögel erwischt. Aber im Traum kreisten sie in der vergangenen Nacht bedrohlich kreischend, mit weit aufgerissenen Schnäbeln und kaltem und starrem Blick, um mich herum. Habe starke Kopfschmerzen. Werde eine Tablette nehmen müssen.

7.6.
Nach dem Aufräumen mache ich heute noch einen langen Spaziergang, damit ich auf andere Gedanken komme, durch die Bewegung ruhiger werde und endlich wieder tief schlafen kann.

8.6.
Zuviel Einsamkeit ist scheinbar auch kein Vorteil! Hänsel und Gretel waren gestern meine ständigen Begleiter. Ängste aus der Kinderzeit überfielen mich erneut: Als ungeliebtes Kind im Wald verlassen zu werden und nie mehr nach Hause zu finden.

9.6.
Ich werde mich ablenken, um meinen trüben Gedanken zu entfliehen. Meine Freunde meinten, wenn es mir einmal danach wäre, könnte ich den Dachboden durchstöbern und alles etwas ordnen. Toller Gedanke. So etwas liebe ich.

10.6.
Trotz aller Schätze, die ich gestern unter dem Dach fand – kostbares

Porzellan, Briefe, Bücher, Puppen, Bären und anderes längst vergessene Spielzeug – endete der Tag leider mit einem Fiasko. Vertieft in die Vergangenheit, fiel mit lautem Krachen die Dachbodentüre zu. Wahrscheinlich war Durchzug. Schreiend und weinend sprang ich auf. Sie ließ sich natürlich ganz leicht wieder öffnen. Ich war nicht, wie als Vierjährige, eingeschlossen worden.

11.6.
9.00 Uhr Das Wetter ist trostlos. Nach der Hitze der vergangenen Tage regnet es stark, und nun wabern Dunstschleier um das Haus. Es lohnt kaum, sich anzuziehen. Trinke meinen Kaffee und lese etwas.
19.00 Uhr Es war in dieser Einsamkeit leider die falsche Lektüre. Sie machte mich nur traurig.

12.6.
Soll ich überhaupt aufstehen?

14.6.
Das Wetter scheint sich zu bessern. Ideales Pilzwetter. Das bringt Abwechslung in meinen etwas eintönigen Speiseplan.

15.6.
Ich war mir so sicher! Aber beim Kochen hatte ich gestern plötzlich Furcht, meine Pilzkenntnis hätte mich verlassen. Ganz alleine läge ich mit einer Vergiftung in der Einöde. Habe alle Pilze auf den Kompost gebracht.

16.6.
Bin heute mit dem düsteren Gedanken erwacht, ob mein Hiersein, mein Dasein überhaupt, einen Sinn hat. Was geschieht denn schon? Ist mein ganzes Leben nicht sinnlos? Wer würde mich vermissen, wenn ich einfach nicht mehr zurück käme?

20.6.
Vier Tage sind vergangen? Ich kann mich nicht an sie erinnern. Ist es dieses Gleichmaß, diese Eintönigkeit?

21.6.
Konnte letzte Nacht nicht schlafen. Hörte Stimmen und Schritte. Wer mag das wohl gewesen sein?

?
Welches Datum ist heute? Habe den Faden verloren. Das gibt wieder eine schlechte Note. Langes Fädchen, faules Mädchen. Alles hängt am seidenen Faden. Unentwirrbar. Warum hilft mir keiner?

6.12.
Mama sagte letzte Nacht zu mir, ich solle brav sein, sonst käm Knecht Ruprecht mit seiner Rute. Dann erhielt ich, was mir zusteht. Wo kann ich mich verstecken? Im Keller wird er mich sicher nicht finden.

1.7.
Sind heute von unserer Reise zurück. Fanden Leni, geistig völlig verwirrt, beinahe verhungert und verdurstet, in verwahrloster Verfassung, im Keller. Mussten sie in eine Klinik bringen lassen. Ihr geistiger Zustand sei hoffnungslos, sagen die Ärzte.
Inge

Soviel Lob für meinen Text im Seminar war mir peinlich und verwirrte mich. Es war ja nicht schlecht, was ich geschrieben hatte, aber doch nichts Besonderes!
Verlegers Frage fand ich seltsam. „Haben sie das mal so erlebt?"
Da die Geschichte übel endete und ich hier vor ihm saß, fand ich seine Frage überflüssig.
Erst nach Jahren beim nochmaligen Durchlesen wurde mir klar, was er meinte. Der Rahmen war natürlich frei erfunden. Doch die Gefühle dazwischen kannte ich nur zu gut. Aber es war mir damals nicht bewusst.
Seinem Lob glaubte ich nicht ganz, misstrauisch gegen jede Anerkennung. Doch in der nächsten Anthologie war auch meine Geschichte.
Das erste Mal sah ich einen Text von mir gedruckt! Jetzt war das Eis gebrochen.
Doch er blieb für mich der Unerreichbare. Die Respektperson, wie er bedauernd noch in seinen letzten Wochen sagte. Aber ist das so

schlimm? Man kann auch Respektpersonen sehr gern haben. Von da an war es für ihn selbstverständlich, dass ich jedes Mal an Ausschreibungen teilnahm. Ein Exemplar war gratis, zehn mussten wir abnehmen.

Bei einem Gespräch darüber meinte ich, ich hätte viele Bekannte. Und zehn Feinde, die ich damit „beglücken" könnte, wären auf jeden Fall dabei.

An meine Ironie musste er sich erst noch gewöhnen. Doch es dauerte nicht lange, da begrüßte er mich auf Lesungen als seine „liebste Feindin". Er lernte schnell.

Allerdings bereitete mir alles Persönliche zu schreiben immer noch Schwierigkeiten. Eine kleine Biografie zu formulieren, wie es die Teilnahme an seinen Anthologien erforderte, war mir fast unmöglich. Was sollte ich da schreiben? Was hatte ich schon zu bieten?

Also kam zur liebsten Feindin noch der Zusatz: In Köln geboren und wird dort wohl auch sterben.

Er hatte mich erkannt. Das war die Sprache, die ich ertrug.

Klingt wohl alles lustig und harmonisch. Doch die Wirklichkeit war für mich grauenhaft!

Diese Geschichte in Tagebuchform verlangte nicht zu viel von mir. Kurze Sätze, dazwischen das Datum, eventuell noch die Tageszeit.

Gut, es mochte ja gelungen sein und Eindruck machen, aber er erhielt keine Vorstellung von meiner Wortkargheit und meinem geringen Wortschatz. War stolz, den Lesern oder Zuhörern nicht die Zeit zu stehlen. Mir hatte bis dahin noch kaum jemand zugehört. Es war mir peinlich, mal einen Satz mündlich von mir zu geben.

War es Zufall? Die erste Zeit mit ihm konnte ich mich durchmogeln. Ich konnte an seinen Anthologien teilnehmen, weil die Anforderungen (oder er?) mir entgegen kamen. Die Teilnehmenden konnten auch Lyrik einsenden. Oder ganz kurze Texte. Also das, was ich mir zutraute.

Im Lauf der Jahre fragte er eines Tages, ob ich mir vorstellen könnte, es auf vier Seiten zu bringen. Nee, sagte ich, so schwatzhaft würde ich wohl nie sein. Doch er ließ nicht locker. Das Thema: *Der diskrete Charme rätselhafter Poesie*.

Texte, erlebt oder fantasiert, hatte ich inzwischen mehr als genug angesammelt. Fand auch schnell in meinem Vorrat etwas Passendes. Mit vielen überflüssigen Füllwörtern näherte ich mich meinem Ziel.

Begeisterung war bei ihm sicher anders.

Also alles Überflüssige abbauen. Jetzt war die Geschichte „abgespeckt". Nun verlangte er mehr „Fleisch", seine Lieblingsforderung.

Jetzt erst begann der Kampf. Willig machte ich jede Änderung mit. Sah ja ein, dass er es besser konnte als ich. Habe nur gekämpft, wenn das Bild, das ich vor Augen hatte, mit seinem nicht übereinstimmte. Wenn zum Beispiel sein Teufel ein blaues und ein braunes Auge haben sollte. Mein Teufel hatte gelbgrüne milchige Augen. Da blieb ich standhaft.

Die Grenze zwischen Wahrheit und Dichtung zu verschleiern fiel mir leicht. Er war mal wieder zufrieden. Als er feststellte, dass ich nicht allzu empfindlich reagierte, behauptete er später, ich sei nur zu faul, ordentlich zu schreiben. Ich würde denken, dass er meinen Text schon perfekt ändern würde.

Als er aber mit der Zeit mehr von meiner Biografie erfuhr, wurde er milder. Eines Tages rief er mich aus einem fadenscheinigen Grund an. Sagte gegen Ende des Gesprächs: „Arme Socke" und legte schnell auf.

Empfindungen auszudrücken, darin war er scheinbar auch nicht perfekt, oder?

Eines Tages gipfelte unsere Zusammenarbeit in dem Befehl, mich doch bitte bis auf ca. zwölf Seiten zu steigern. Eine Geschichte über Horoskope und einem zugeordneten Cocktail.

Mein Sternzeichen Zwilling war leider schon vergeben. Krebs war noch frei. Darin kannte ich mich auch gut aus! War durch meine Familie eine Krebsgeschädigte.

Mir ging sofort eine schon fertige Erzählung durch den Kopf. Etwas umgeschrieben, den Vorgaben angepasst, so könnte es gelingen. Also die Namen verändert, die Personen ein wenig durcheinander „gewürfelt", aus zwei Kurzgeschichten mit zwei verschiedenen Männern eine gebastelt, die Liebe ein wenig mehr romantisiert, alles in eine andere Landschaft gemogelt ...

Endlich schrieb ich mit Vergnügen. Spielte mit meinen Vorräten. Gedruckt waren es nachher sieben Seiten. Bis heute unterstellt man mir noch öfter, nichts erlebt zu haben, alles sei nur Fantasie. Ob ich das Schreiben doch lernte?

Inzwischen weiß ich, je näher man seinem Ich kommt, desto besser und glaubwürdiger schreibt man. Doch Gott sei Dank fragte er diesmal nicht: „Haben sie das auch selbst erlebt?"

Was hätte ich antworten sollen, ohne dass er die offensichtlich gute Meinung über mich verlor? So verrucht wie meine Hauptperson war. Und so erschien meine zusammengebastelte Geschichte vom Krebs und dem „Club Royal Face" in seiner nächsten Anthologie.

Als Kind schrieb ich Gedichte,
erfand eine Geheimschrift,
sollte ja niemand lesen,
wollte nicht mehr ausgelacht werden.

Als junge Frau schrieb ich
nichts mehr, hatte aufgegeben,
verlernte fast das Sprechen,
mit Worten träumte ich nur noch.

Als ältere Frau, wie erste Gehversuche,
holperte ich übers Papier,
verbrauchte viel, zerriss es wieder,
sollte ja immer noch keiner lesen

Als alte Frau schrieb ich immer mehr,
mit PC, ließ andere daran teilhaben,
per Mail, war sogar öfter im Radio,
geht schon, hört ja doch niemand.

Das Schreiben

1999 Erst vor fünf Jahren begann ich zaghaft mit dem Schreiben. Stimmt so nicht ganz. Als Vierjährige lernte ich zu lesen, übte mich in der Schule im Schreiben. Wenig später brachte ich neben dem erzwungenen Schreiben Erlebtes und Fantasiertes zu Papier. Konnte dem Spott und Tadel meiner Mutter nicht standhalten. Erfand eine Geheimschrift. Schrieb an für meine Mutter unerreichbaren Orten. Zum Beispiel auf einem Scheunendach. Versteckte es dort unter einem Ziegel. Gab mit der Zeit auf. Die Papierknappheit kam meinen Zeilen-Aufsätzen in der Schule entgegen. Note: ungenügend.

1995 lernte ich in einem Seminar Hubert kennen. Wurde durch unser vertraut werden und unsere Gespräche ein wenig offener. Wir tauschen eigene Texte und Gedichte aus.

Nur meine Schrift machte ihm Schwierigkeiten. Er besorgte mir einen PC. Konnte mich nun schriftlich sauber lesbar mitteilen. Er regte mich an, ins Internet zu gehen, Mails zu bekommen und zu versenden.

1997 lernte ich Henning kennen. Traute mich nach und nach, Gefühle zuzulassen. Aber sie äußern? Nie!

1999 kam Verleger auf die Idee, eine Anthologie zu entwickeln: *Von Traum- und anderen Männern*. Ich kam mir zwar vor, als zöge ich mich aus, aber ich traute mich, einen kurzen Text einzureichen.

Kopf und Herz voll von Henning.

Zwei Seiten
Du faszinierst mich, weil du kein Alltagsmensch bist.
Auf der einen Seite ein Mathematiker durch und durch, korrekt, besitzt ein unglaubliches Zahlengedächtnis, drückst dein Urteil in Prozenten aus, teilst dein und anderer Leben in Tabellen ein.
Und gerade aus diesem Grund verblüfft deine andere Seite, wenn man genau hinsieht und -hört: Du bist weich, einfühlsam, rücksichtsvoll, warmherzig, nie verletzend.
Und in der Mitte, wo sich beide Hälften treffen, das Abwägen in plus und minus, von Berechnung und Gefühl. Eben: Kein Alltagsmensch.

Das war für mich schon eine Liebeserklärung, die ich mich bis dahin nie getraut hätte zu denken, viel weniger zu äußern.

Ich war keiner Liebe wert, schätzte ich mich ein und erlaubte mir deshalb nicht, sie zu spüren. Wie hatte meine Mutter immer gesagt? „Ich werde jeden Mann vor dir warnen!"

Der Text wurde ohne Beanstandung angenommen. Meine Aufregung dauerte an bis zum Erscheinen der Anthologie, hielt an bis zur Lesung. Ich hatte das Gefühl, jeder weiß nun alles von mir. Wenn ich von diesen Gedanken heute lese, muss ich den Kopf schütteln! Denn trockener ging es in dem Text wohl nicht!

Einem Schreibanfänger würde ich sagen: Habe Geduld mit dir! Es wird noch kommen. Doch hätte ich das jemandem geglaubt, der *mir* so etwas gesagt hätte? Nein!

Und unser Verleger merkte nicht (oder doch?) wie wenig ich von mir preis gab, auch in der Anzahl der Worte. Henning den Text zukommen zu lassen, traute ich mich schließlich. Er fühlte sich geschmeichelt. Nur ich hätte eine so gute Meinung von ihm. Denn trotz allem, was bis dahin zwischen uns war: Gefühle zu äußern war immer noch ein Tabu. Da waren wir uns einig und zu ähnlich.

Ich hatte die besten Absichten, mein Schreiben zu verbessern. Schon, um unseren Verleger nicht zu verärgern. Dann kam die erste längere Geschichte von mir. Ein Tagebuch. Und nur ich wusste, wie wenig ich mich auch dieses Mal öffnete. Es war einem reellen Tagebuch nachempfunden. Was er danach suchte, ich weiß es nicht mehr. Ob es etwas Lustiges oder Erotisches sein sollte?

Hatte bei Lesungen öfter einen Text vorgetragen, der immer gut ankam. Bei gemeinschaftlichen Lesungen der Schreibgruppe hat ja jeder nur begrenzte Zeit. Und ich ging damit sehr sparsam um, wie ich mich schon äußerte. Ich mailte ihm siegesgewiss meinen Text.

Mit Kunst kann man sich nicht die Zähne putzen.
Theo van Doesburg

Kunst und Zahnpflege

Lieber Theo!

Du behauptest, mit Kunst kann man sich nicht die Zähne putzen. Hast Du mich morgens schon einmal beobachtet? Auf meiner Zahnbürste liegt ein rot-weiß gestreiftes Würstchen, kunstvoll hingespritzt: zum Stiel hin abwärts, nach vorne zu hoch. Ich schiebe die Bürste, ohne die Lippen zu streifen, vorsichtig zwischen meine Zähne.
Und jetzt geht es los: Links oben innen, außen, in den Zwischenräumen; rechts oben innen, außen, in den Lücken. Mit Schaum vor dem Mund die Bürste gewendet: links unten innen, außen, nach oben, nach unten. Und zum Schluß: rechts unten innen, außen, vorne, hinten, mittendrin. Wenn das keine Kunst ist!

Schnell kommt die Rückmeldung. Ein Mailwechsel folgte, er erbost, ich verteidigte mich, er verstand, aber … Was hat der Lektor anfangs nach dem Lesen meiner Zeilen geschrieben?
„Liebe Autorin, eignet sich das Thema überhaupt für eine Geschichte?"
Am Ende mailte ich ihm: „Die Klügere gibt nach! Und morgen kaufe ich mir Wolle für Strickstrümpfe! Wenigstens das beherrsche ich."
Das war zwar nicht die Wahrheit, aber das brauchte er nicht zu erfahren. Denn stricken kann ich auch nicht gut!

Lieber E.!

Ich antworte dir auf deine gestrige Mail. Du siehst, dass ich *nicht* bereue, trotz Kummer, den du mir mit deiner Krankheit machst, dich kennen gelernt zu haben, sondern *dankbar, happy, froh, beglückt, begeistert* sein kann. Schon wieder ein brauchbarer Hinweis mit dem Uschtrin Newsletter. Das soll aber nicht heißen, dass du nicht nur *lohnend, unverzichtbar, geeignet* bist für mich. Auch meinen Geschmack für Bücher hast du sehr geprägt. Ich frage mich immer, ob E. das auch gut finden würde? Z. B. *Populärmusik aus Vittula* von Mikael Niemi (bei mir gemischte Gefühle!) oder *Vom Wasser* von John von Düffel (Wasser find ich immer gut!).
Weißt du, warum ich heute so *fremd* schreibe? Wir hatten Philosophie, und mir wurde nachgesagt, dass ich sogar bei Gefühlen Synonyme suche. Ich soll doch einfach *plappern*, was ich denke. Aber das wäre viel zu gefährlich, oder?
So, genug *gefaselt*, ich grüße dich, (Newsletter ist schon bestellt) und ich wünsche dir noch einen schönen Tag.

Erika

Hallo, du!

Unsere Hausaufgabe, wir sollen versuchen, einen Dankesbrief zu schreiben. Merke, wie leicht es ist, zu verurteilen und zu tadeln. Aber schwer, zu loben und zu danken. Doch sofort fällst du mir ein. Bei dir fällt mir das Danken leicht.

Aber schon die Anrede fällt mir schwer. Mein Lieber? Nein, zu zweideutig. Lieb hatten wir uns bestimmt, aber nicht so, wie Außenstehende jetzt denken.

Auch mit dem Vornamen kann ich dich nicht nennen. Denn der ist nicht alltäglich. Du bist noch nicht so lange tot. Und mit dem, was du mir warst, würde dich ein bestimmter Personenkreis sofort identifizieren. Das möchte ich nicht. Sähe aus, als hättest du mich bevorzugt, musstest du doch eher mit mir ringen.

Geehrter, Verehrter: Zu steif und unpassend. Obwohl ich dich verehrte. Also doch mein Lieber? Aber mein warst du nicht. Respekt hatte ich vor dir. Bis zum deinem Tod. Störte dich, aber es war so! Obwohl du mir später das Du angeboten hattest.

Wir lernten uns eigentlich über meinen PC kennen, den ich mir damals zugelegt hatte. Als Hobby, zu der Zeit nicht alltäglich. Obwohl ich Jahre vorher stets leidenschaftlich mit seinen Vorläufern im Büro arbeitete. So war ich vollkommen unerfahren, doch wild entschlossen, mir auch dieses Ding zu meinem Freund zu machen.

Wie ein Maulwurf wühlte ich mich voran. Durch Kartons voll zerknüllter, zigmal gefalteter Zettelchen mit Lyrik und Prosa einer Bekannten von uns. In eigenwilliger, gnadenloser Schrift vollgekritzelt. Bis hin zum Druck habe ich ihr Buch vorbereitet. Zuerst warst du während unserer erzwungenen Zusammenarbeit nicht gerade nett zu mir. Wusstest meinen Werdegang nicht. *Du* wurdest mir mit einem hässlichen Schimpfwort beschrieben. Wer weiß, wie man *mich* bezeichnet hat? Behandeltest mich von oben herab, nicht nur durch unseren Größenunterschied. Bis wir uns näher kennen lernten.

Dir wurde zugetragen, dass ich begonnen hatte selbst zu schreiben. Erfuhrst von einem spannenden Text von mir. Bekamst bedauerlicherweise dadurch den Eindruck, ich könnte etwas. War aber nur ein Zufallstreffer. War ein Tagebuch. Kam dadurch mit wenig Worten aus.

Schrieb lieber Lyrik, kurz und knapp, zum Beispiel Haiku mit festgelegten Silben. Mit meinen Texten einigten wir uns in Gesprächen auf den Ausdruck Kürzesttexte. Denn Kurztexte waren mir schon zu schwatzhaft. Warum immer wieder Lyrik, warum zurückscheuen vor Prosa? Ich würde mich entblößen, mein Nicht-Können läge offen.

Lyrik, also Gedichte, sind dicht bei mir. Gehorsam Regeln beachten, Rhythmus spüren, kürzen, kürzen, kürzen. Wie Ranken, immer beschnitten, die mich halten.

Prosa macht mir Angst. Einmal begonnen, wo zieht sie mich hin? Wo sind die Grenzen, endlos scheint der Horizont. Wie werde ich mit Angriffen von der Seite oder erst von hinten fertig? Kleine Ausflüge: Ja, mehr nicht. Fühlte mich sonst halt-los, grenzen-los, sinn-los.

Erinnere mich, wie du mit mir gekämpft hast, nur ein wenig mehr zu schreiben als A5 Seiten. Wo bleibt das Fleisch, flehtest du, wenn mein Textgerippe dich nicht sättigte. Meine Ideen machten dir Appetit auf mehr, ließen dich aber hungrig zurück. Ich durfte Lyrik für Anthologien einreichen, wenn es wieder für mehr nicht reichte.

Doch zäh führtest du Krieg gegen meine Wortkargheit. Quältest dich durch meine Barrieren der Vergangenheit. Unter deinem Druck schrieb ich erste vierseitige Texte. Doch oft ließ ich jemand sterben oder umbringen um zu einem schnelleren Ende zu kommen. Um die Aufklärung konnten sich dann die Leser Gedanken machen. Bis zu zwölf Seiten haben wir uns durchgekämpft.

Selbst todkrank sorgtest du dich um *meine* Gesundheit als ich operiert wurde. Riefst in der Reha alle paar Tage an. Du hast mir gut getan. Am Muttertag 2007 nahmst du Abschied. Suchtest immer wieder meinen Blick.

Sagtest: „Du musst loslassen."

„Es ist so schwer!", flüsterte ich.

Und erinnerte mich an ein Gespräch, als ich dir sagte, dass alle, die ich liebe, erst nach mir gehen dürften.

„Du bist nur zu feige, zu trauern", gabst du zur Antwort.

Wie recht du hattest. Glaubte es nicht ertragen zu können. Ich durfte dich besuchen, als du schon bettlägerig warst. Nur noch mit den Augen sprechen konntest. War noch am letzten Tag bei dir. Habe zart deine Hand streicheln können.

„Danke für alles!", sagte ich leise.

Hörte bei der Trauerfeier deinen Lieblingstango. Konnte endlich weinen. Kenne den Baum, unter dem du Ruhe gefunden hast. Jetzt ist von mir eine Autobiografie gedruckt worden. Ich denke, du wärest stolz auf mich. Obwohl du stolzer auf dich sein solltest. Denn fast alles, was ich jetzt bin, habe ich zu einem großen Teil dir zu verdanken. Ich vergesse dich nie! Und auch deinen Haiku nicht:

Ein Blitz in der Nacht
Lächeln in deinen Augen
wie hell es jetzt ist

Letzte Umarmung

Abschied nehmen,
    doch nicht voneinander lassen können.
Trennen müssen,
    doch wissen, es gelingt nicht.
Nicht berühren wollen,
    doch lassen die Hände einander nicht los.
Abstand wollen,
    doch enger zusammenrücken.
Verstand sagen hören: Nein,
    doch das Herz sagt: Ja.

Liebe Frau Maaßen,

das konnte ja keiner ahnen, dass es so um ihn stand. Es sollte wohl nicht sein, dass wir uns – er, meine Freundin und ich – einmal wiedersehen. Aber irgendwie gehörte W. E., wie seine Familie ihn damals nannte, zu unseren Kindheitserinnerungen. Sein älterer Bruder ist, zwar als Erwachsener, aber auch viel zu früh gestorben. Jetzt lebt von seiner Ursprungsfamilie F. niemand mehr. So ist das. Wenn man die Todesanzeigen liest, die „Einschläge kommen immer näher"…
Ich kann mir gut vorstellen, dass es Sie sehr berührt hat, dass E. gestorben ist. Vor allem auch deshalb, weil Sie von seinem langen Leidensweg wussten und es niemandem sagen durften. Es ist Ihnen bestimmt nicht leicht gefallen, dann immer heiter und unbeschwert zu scheinen.
Sie sprachen stets mit Begeisterung von ihm und dass Sie sich gut über Ihr gemeinsames Hobby austauschen konnten. Daran kann ich mich noch erinnern. Nicht nur Sie haben ihm viel zu verdanken, auch E. konnte bestimmt von Ihrer Freundschaft profitieren. Es war bestimmt ein wechselseitiges Geben und Nehmen.
Ich kann Sie gut verstehen, wenn Sie um einen Menschen trauern, der gewiss ein Seelenverwandter für Sie war und mit dem eine Schicksalsverbindung bestand. Freuen Sie sich darüber, dass Sie einander begegnen und ein Stück weit Poesie und Prosa mit ihm teilen durften. Behalten Sie ihn als humorvollen Poeten in Erinnerung…
Bleiben Sie gesund und erfreuen Sie die Menschen weiterhin mit Ihren Gedanken, die Sie zu Papier und Gehör bringen.

Herzlichst,
Ihre
K. S.

Engel der Nacht
solltest ihn schützen
konnt ich nicht bei ihm sein
hab dir vertraut
wer sollte sonst helfen
meine Kerze
sollte dich erinnern

Wo warst du
als ich dich brauchte

Mein Schmerz
brach auch dir das Herz
Mein verwundeter Engel

Freundschaften

In einem Monat werde ich schon achtzig Jahre. Als ich jung war starben die meisten Menschen viel früher. Ich erinnere mich noch zu glauben, den Jahrtausend-Wechsel nie zu erleben. Und jetzt haben wir schon das Jahr 2012.

Evelyn hat mich heute ans Grübeln gebracht. Sie machte sich wegen eines Streits in unserer Schreib-Gruppe Sorgen. Erleichtert hörte sie, eine Aussprache sei friedlich verlaufen. Wir werden sehen, wie es weitergeht. Sie überlegte, wer trotzdem zu meinem Geburtstag käme. Sie wusste zwar von dem lockeren, größeren Rahmen, in dem die Feier geplant war. Aber wenn ich schon erstaunt war, wie viele Gäste zusagten, stutzte sie, von ca. achtzig Eingeladenen zu hören.

Und als ich so überlegte, mit all diesen Menschen bin ich freundschaftlich verbunden, kann ich zufrieden sein. Aber wer steht mir wirklich nahe? Mit wem bin ich länger befreundet?

Gedanken eilen hierhin, dorthin. Wie war es früher? Schwierigkeiten in meiner Familie machten Freundschaften kompliziert, wenn nicht sogar unmöglich. Nach Hause mitbringen durfte ich nie jemanden. Hildegard, meine Kinderfreundin lud mich einige Male ein, bis meine Mutter das nicht mehr zuließ. Es hatte mir zu gut gefallen. Dann starb Hildegard an Kinderlähmung, kaum dass wir von Mauenheim nach Sülz gezogen waren.

Edith, meine Kommunion-Freundin, habe ich ein paar Mal besuchen dürfen. Dann wurde ihr Zuhause ausgebombt und ich verlor sie aus den Augen. Zu Gerda mit ihren zwei Schwestern durfte ich öfter gehen. Sie wohnten über uns.

Dann lernte ich in der Schule Marga, die Tochter eines Bäckers kennen. Im Hinterhof ihrer Bäckerei konnten wir spielen. Sie hatten der Mäuse wegen eine Katze, das fand ich am besten. Mir war nicht bewusst, dass es für Mäuschen nicht so lustig war, Spielzeug der Katze zu sein.

Marga hatte leider schon eine Freundin und zu dritt waren unsere Spiele nicht gerade freundschaftlich. Die Zickereien endeten, als ich aufs Lyzeum kam. Doch dort hatte ich es schwer, mich jemandem anzuschließen. Meine Freundin Gerda besuchte schon seit einem Jahr die gleiche Schule. Ich wollte mit ihr zusammen sein. Aber die Schule duldete keine Freundschaften zwischen verschiedenen Jahrgängen.

Die Bombenangriffe auf Köln nahmen zu und wir zogen vorübergehend nach Rheinbreitbach, zwischen Honnef und Unkel gelegen.

Die Einheimischen verhielten sich gegen Fremde feindselig. Aber sind wir heute nicht oft genau so? Als stilles eingeschüchtertes Mädchen traute ich mich nicht, jemanden anzusprechen. Und kam ich einem Mädchen mal näher, passte keines meiner Mutter. Niemand war ihr gut genug. Alle Menschen waren schlecht. Und ich so dumm, es nicht zu merken.

Ich besuchte ein knappes Jahr die Dorfschule, bis in Honnef ein Platz im Jungengymnasium frei wurde. Mein Vater hatte mich dort angemeldet. Doch Kontakte mit Jungen duldeten meine Eltern nicht. Heute, in der Erinnerung, empfinde ich deren Einstellung unlogisch, ja fast sadistisch! Ich durfte in den Pausen nicht mal auf den Schulhof. Sport konnte ich auch nicht mitmachen. Selbst auf die Toilette gehen war problematisch. Ich durfte dann auf die einer Lehrerin gehen.

Meine Schwester war vier Jahre jünger und ging meist eigene Wege. Ich vereinsamte immer mehr.

In Köln wurde ich ja noch bei Freundinnen eingeladen. „Man" kannte sich ja. Aber nach dem Umzug aufs Land fiel auch das aus. In Rheinbreitbach hätten wir uns draußen treffen können. Doch immer in die Enge getrieben, Mädchen, die ich mochte, verteidigen zu müssen, erstickten jeden Versuch einer Freundschaft.

So lernte ich bei meinem einsamen Herumstromern jeden Weg kennen. Konnte meinen Träumen nachhängen. Wusste, wo ich Essbares fand. Kannte jeden Hund mit Namen. Nur eine Freundin hatte ich bis Kriegsende nicht.

Endlich war Waffenstillstand. Wir hatten das Schlimmste überstanden. Konnten uns frei fühlen. Ich erfuhr, dass die Gärtnerei Aufdermauer Hilfe suchte. Außer dem Inhaber waren alle Helfer noch nicht aus der Gefangenschaft zurück. Doch darauf nahm die Natur keine Rücksicht. Das war für mich eine glückliche Zeit. War viel draußen, habe sehr viel beim Gärtnern gelernt. Und ich freundete mich mit Helga, einem Mädchen meines Alters an. Wir waren beide dreizehn Jahre, sie eine Majorstochter. Hatte damals noch viel Bedeutung. Wir säten, pikierten, topften um, flochten Matten für Frühbeete zum Abdecken gegen Frost, hielten die Wege der Gärtnerei von Unkraut frei. Ernteten im Sommer auf Feldern den Spinat. Und das bei großer Hitze. Den ganzen Tag außer einem mitgebrachten Stück Brot nur Leitungswasser. Denn die Versorgung der Bevölkerung war ja auch zusammengebrochen.

Diesmal musste ich meinen Eltern schon recht geben. Sie nahmen mich sofort mit nach Hause, als sie sahen, wie wir beide auf den Feldern schufteten, verbrannte Haut, einem Sonnenstich nahe. Und außer einem Pflänzchen Zitronenmelisse habe ich in der ganzen Zeit nie etwas bekommen. Nicht einmal ein Blümchen.

Schlimm fand ich, dass ich mit Helga keinen Kontakt mehr haben durfte. Ihre Familie hätte alles an Lohn, in welcher Form auch immer, allein eingesteckt. Der Vater sei ja Major, hieß es immer. Die kriegen alles. Immer diese Verdächtigungen. Da kommt es mir heute noch hoch! Ich suchte mir dann Arbeit als Obstpflückerin.

Die Schulen wurden wieder geöffnet. Ich quälte mich durch die Schulzeit. Wurde ungefragt vom Gymnasium zur Handelsschule umgemeldet. War mehr krank, als ich am Unterricht teilnahm. Schaffte trotzdem vorzeitig den Abschluss mit mittlerer Reife. Das war mir wichtig, denn wenn sich auch nicht geäußert wurde, war mir klar, dass meine Eltern das Schulgeld kaum bezahlen konnten. Wer selbst eine Schreibmaschine besaß, musste sie zum Unterricht mitbringen, Papier gab es auch kaum. Schreibfedern waren aus spiralförmigem Glas, und die Tinte kleckste auf dem Löschpapier ähnlichem Material und wurde sofort aufgesaugt. Deshalb verteilte man alte noch vorhandene Schulhefte. Wir stellten sie auf den Kopf und benutzten die Leere zwischen den schon beschriebenen Zeilen.

Stenografie lernte ich schneller zu schreiben, indem ich Ansagen und Nachrichten aus dem Radio mitschrieb. Den Luxus, Freundschaften zu pflegen, konnten sich nur Schüler ohne Sorgen erlauben. Denn außer den Schulaufgaben beschaffte ich für unsere vierköpfige Familie noch Nahrung, soweit es mir irgendwie möglich war.

Nach meinem Abschluss fuhr ich täglich nach Köln ins Büro, sechs Tage in der Woche. Um sechs Uhr morgens fuhr mein Zug. Zurück war ich erst gegen 20.00 Uhr. Jetzt blieb für Freundschaften sowieso keine Zeit. Aber ich vermisste sie auch nicht mehr. Ich hatte verlernt, zu vertrauen, auf Menschen zuzugehen. Konnte ich eigentlich noch nie.

Lernte im ersten Urlaub ohne Eltern meinen ersten Mann kennen, einen Österreicher. Er folgte mir kurz darauf nach Köln. Stand eines Tages einfach bei meinen Eltern im Treppenhaus. Der erste Anlauf missglückte, doch mit Hilfe seiner Familie kam er wieder. Nach einem Jahr heirateten wir, bekamen einen Sohn. Trafen uns schon mal mit Bekannten. Freunde wurden sie uns nicht.

Denn mein Mann lebte vor unserem Kennenlernen ein unkontrolliertes, ungeregeltes Leben. Sein leiblicher Vater war Oberförster in Wien, seine Mutter hatte einen Friseursalon in Kärnten am Weißensee. Seine Großeltern besaßen ein Gasthaus im Drautal. Sie lebten alle ein ausgefülltes Leben. Und nicht jeder hatte früher Telefon. Also konnte niemand feststellen, wo Kurt sich gerade aufhielt. Einmal holte ihn sein Onkel sogar von Marseile nach Hause.

Nach unserem Kennenlernen, kurz vor seinem Schulabschluss als Holzfachmann, reiste er heimlich von der Fachschule ab. Mit dem Geld, dass seine Mutter schon für den Abschluss überwiesen hatte.

An Köln faszinierte ihn die Großstadt. Leider hatte er nie gelernt, mit seinem Geld auszukommen. Seine Familie war wohlhabend. Irgendwie kam er zu Hause immer an Bargeld. Irgendjemand half ihm oder er bediente sich aus der Kiste mit Maria Theresientalern, die die Großeltern sammelten. Damit füllte er sich oft die Taschen.

Er versuchte, den Mann meiner Kollegin mit in sein verantwortungsloses Leben einzubeziehen. So kann man aber keine Freundschaften halten.

Das ließ unter anderem auch meine Ehe mit meinem ungebärdigen schwarzen Schaf, wie er sich selbst nannte, scheitern. Ich reichte nach sieben Jahren die Scheidung ein. Seine Mutter hat nie erfahren, dass Kurt ohne Abschluß blieb. Sie war enttäuscht von uns beiden, dass er bei aller Unterstützung von ihr nur Hilfsarbeiter in einer Schreinerei war und gab mir die Mitschuld. Ich habe alle seine Lügen decken müssen. Ich fürchtete seinen Jähzorn.

Unter diesen Umständen verging mir der Wunsch auf Freundschaften. Erst allen etwas vorzumachen und letztendlich als Lügnerin dazustehen.

Sonja

Ich heiratete nach unglücklicher erster Ehe zum zweiten Mal. Wir bekamen noch ein Kind. Ich fragte meine langjährige und beste Kollegin, ob sie Taufpatin werden möchte. Barsch lehnte sie ab. Sie hätte keine Lust, dauernd Geschenke zu machen. Ich war fassungslos!
Wir hatten danach noch flüchtigen Kontakt, aber verzeihen konnte ich ihr nicht. Sie hat viel versäumt, denn unsere Petra war … ja, wie soll ich es sagen? Unser Goldstück, unser Sonnenschein, unsere tägliche Freude. Nach fünf Jahren arbeitete ich wieder halbtags. Mein Mann war inzwischen pensioniert. Und da er noch sehr betriebsam war, hatte er eine neue Aufgabe.
Eines Tages fing im Büro eine jüngere Kollegin an. Sie war fleißig, ruppig, unnahbar. Von Anfang an tat sie mir irgendwie leid. Ich weiß nicht warum. Ich suchte aber zäh, zu ihr Kontakt zu halten. Unser Miteinander war wie der Versuch, hinter einem Stacheldrahtverhau zwischen Minen spazieren zu gehen. Da ich aber selbst mehr Igel als Kätzchen war, kamen wir uns näher.
Unsere Freundschaft hielt über dreißig Jahre. Wir hatten viel Spaß miteinander, machten zusammen fast täglich Sport. Lesen und Handarbeiten waren unsere weiteren Hobbys. Tauschten uns über Bücher aus. War uns beiden wichtig. Das vermisse ich heute noch. Fuhren später jedes Jahr im Herbst zusammen mit vier unserer Enkel in Urlaub. War oft nicht einfach, aber ich erinnere mich gern daran.
Vermisst habe ich aber in der Zeit mit ihr Kontakte zu anderen. Denn in ihrem Wesen war Sonja leider meiner Mutter ähnlich. Sie duldete niemand neben sich. Zu meinen Geburtstagen kam sie nur, wenn sie wusste, wer auch eingeladen war. War nur ein „Falscher" dabei, kam sie nicht! Also musste ich jedes Jahr auf sie verzichten, weil immer jemand „falsch" war.
Aber da ich immer noch Mitleid mit ihr hatte, gab ich ständig nach. Ich wusste, wenn wir uns entzweiten, gäbe sie nie nach. Nie würde sie den ersten Schritt machen. Gab sie auch offen zu. Sie könne nicht anders.
Im Lauf der Jahre hatte sie neben ihrer Ehe einige Liebschaften. Dann ging sie sofort auf Abstand zu mir.

Mein Mann starb, und zwei Jahre später begann mein sogenannter Ruhestand. Ungebunden lernte ich nun bei Seminaren und Kursen viele nette Leute kennen. Mein Leben änderte sich grundlegend. Doch immer noch war ich bemüht, meine Freundschaft mit Sonja zu erhalten. Sie war mir wichtig. War doch schon so lange meine einzige Freundin. Versuchte, sie in mein neues Leben einzubeziehen. Aber sie wurde mit meinem veränderten Umfeld und meinen vielen neuen Interessen nicht fertig. Sie reagierte eben immer wie meine Mutter.

Und als ich meine große Liebe kennenlernte, war es ganz aus. Sie wurde noch sportlicher, ruppiger, boshafter. Überall entdeckte sie an mir Fehler im Jetzt und in der Vergangenheit. Ich ertrug es einfach nicht mehr! Nach Jahren gab ich den Kampf auf.

Trauere heute noch der schönen Zeit nach, sah aber ein, ich kann die Vergangenheit nicht zurückholen. In den kommenden Jahren bildete sich um mich endlich ein fester Freundeskreis. Aber eine engere Freundschaft werde ich nie mehr haben. Nicht nur aus Enttäuschung. Eher aus Zeitmangel und Vorsicht.

Mein Kaktus

An einem besonderen Tag
wurdest du mir überreicht,
einem Tag voll Zuneigung,
Vertrauen, Verstehen.
Du warst
grün, fest, gerade
und voller Stacheln:
Sinnbild unserer
Freundschaft.

Jahre ist es her.
Oft änderte sich deine Form.
Du strebtest dem Licht zu,
musstest gestützt werden,
bekamst Flecken,
wirktest eingeschnürt,
wurdest unansehnlich,
dann, überraschend,
wieder kräftiger,
und doch
nie hätte ich dich
gegen einen stattlicheren ersetzt.

Und siehe,
eines Tages bekamst du
unbeachtet, unerwartet,
einen neuen Trieb:
Sinnbild unserer
Freundschaft.

Peter, der Traumdeuter

Es ist über zehn Jahre her, dass ich bei einer Lesung Evelyn kennen lernte. Sie wollte so schreiben lernen, wie sie es von mir bei einer Lesung hörte. Sie kam in unsere Schreibwerkstatt. Heute ist sie noch immer dabei, und wie wir alle bestrebt, im Kreis Vertrauter noch fantasievoller und vollkommener im Schreiben zu werden.

Während eines Treffens brachte Evelyn viele Gäste mit. In der Pause gingen die Gespräche hin und her, bis ich stutzte.

„Was ihr erzählt klingt fast so, als ob ihr von Rheinbreitbach sprechen würdet", sagte ich.

Alle Blicke richteten sich irritiert auf mich.

„Wie kommen Sie denn darauf?"

Ich erklärte, in der Kriegs- und Nachkriegszeit dort für mich wichtige Jahre gelebt zu haben.

Mein Gefühl war richtig. Evelyns Mann ist Rheinbreitbacher. Dadurch wurzelten die freundschaftlichen Bande zwischen Evelyn und mir noch enger.

Nach einigen Jahren fragte sie, ob ich eventuell an Traumdeutung interessiert sei. In dieser Gruppe sei ein Platz frei geworden.

Durch das Schreiben angeregt, hatte ich schon länger mir wichtige Träume aufgeschrieben. Ich bestand die „Aufnahmeprüfung"! Ich wurde den anderen bekannt gemacht und nahm einmal teil. Ich passte. Das ist wichtig, denn in einer Traumgruppe bleibt fast nichts verborgen. Einer meiner ersten gedeuteten Träume war ein Traum von meiner Seele.

Wir hatten in der Schreibgruppe einen Spruch von Mark Aurel als Thema bekommen. *„Auf die Dauer nimmt die Seele die Farbe der Gedanken an."* Ich vermute, dadurch wurde mein Traum ausgelöst.

Im Traum weiß ich, dass ich träume. Oben an der Decke haftet eine hellgraue Masse. Es ist meine Seele. Biegsame Stränge gehen von dort oben aus. Sie enden in Saugnäpfen. Sie schaukeln leicht hin und her, versuchen, sich an mir festzusaugen. Spielerisch fangen sie mich ein, lassen mich wieder los. Der kräftigste Arm, der Hubert-Arm, bleibt fest an mir haften. Ich fühle mich umarmt, lasse meine Arme hängen und halte still.

Das Gefühl ist nicht schlecht. Nur die Farbe gefällt mir nicht. Liegt es an mir? Muss ich selbst tätig werden? Mal ausprobieren.
Hab irgendwann mal ein Buch gelesen Wenn ich den Blues im Herzen habe, Umschlag in Blautönen gehalten. Kann mich nur noch schwach an den Inhalt erinnern. Was sagt denn meine Seele dazu? In allen Schattierungen von Blau hängt sie nun träge von der Decke. Ich muss lachen. Reagiert meine Seele wie ich? Sind wir eins? Ich bin begeistert. Wie wäre es mit einem Schuss sonnengelb? Gibt ihr sicher mehr Leben. Ein zartes Grün überzieht sie nun, sie regt sich auch ein wenig. Grün, Farbe der Hoffnung? Besser als Grau. Langsam macht mir die Sache Spaß.
Jetzt mache ich meine Gedanken ganz leer. Fang von vorn an. Hab ich in der Meditation gelernt. Ist meine Seele noch da? Ich sehe nur weiß. Ich fröstele. Ein paar Tropfen Rot und kräftig mischen. Babyrosa für meine Seele? Was will mir das denn nun sagen? Jetzt will ich alles auf eine Karte setzen. Kippe den Topf mit roter Farbe restlos ins Seelenrosa. Ein loderndes Feuerrot belebt meine Seelenstränge. Eingekuschelt von all ihren Armen wird mir warm.

Sonnenstrahlen kitzeln mich wach. Und heute Morgen treffe ich dich. Mal sehen, ob du etwas merkst, denke ich beim Aufwachen.

Kommentar Peter: Grundsätzlich, würde ich sagen, sind Geistiges und Körperliches so konstelliert, dass der Geist biegsam ist und „oben", und eventuell grau wie Gehirnmasse, Körper und Materie sind „unten". Mens agitat molem – heißt es lateinisch: Der Geist macht, gestaltet, die Materie oder den Körper. Von den Einflüssen des Mentalen, wie über Nervenstränge, sind einige fest, saugend, spielend, haftend. loslassend …
Den stärksten seelisch-mentalen Eindruck hinterlassen Personen und Umarmungen – könnte man sagen. Welche Person sich hinter dem kräftigen Hubert-Strang verbirgt, weiß ich natürlich nicht. Die beweglichen Stränge sind auch Bindungen (Beziehungen). Ähnlich fungieren Bänder, Gummibänder, im Traum. Es gibt lockere Beziehungen, Einflüsse. Aber auch solche, die einen fest packen, die an einem „haften" bleiben. Und das hat sicherlich nicht selten mit Liebe zu tun. Es geht in dem Traum um eine Beziehung, die stärkste Spuren hinterließ. Auch war diese Beziehung endlich mal eine, in der man sich hängen, gehen lassen konnte …

Bereits im Mutterbauch verbindet sich einige Zeit nach der Zeugung die Seele aus dem Himmel, von oben mit der Materie (zellulären Struktur) unten. Nach der Geburt ergibt sich die Zusammensetzung unserer „Seele" aus den Erlebnissen des Kindes, des Erwachsenen, nämlich aus berührenden, uninteressanten, aversiven, liebenden Erlebnissen (und Personen) usw. Diese Seele beeinflusst die Gefühle und den Körper „unten". Die Seele ist sowohl vorgeburtlich als sie auch ständig durch Lebensereignisse verändert wird. Sie beherrscht, gestaltet den Körper.

WPM, 01.08.2012

Sexueller Missbrauch

Aus Peters Buch: Träume verstehen

Der folgende Traum stammt von einer 70-jährigen Frau, die sehr früh missbraucht worden ist:

Ich habe ein Eichhörnchen im Schlafzimmer. Ein Mann sitzt auf meiner weinroten Tagesdecke und spielt mit dem Tier. Es hat mir ein kleines Buch geklaut und spielt damit. Ich überlege, ob ich das Eichhörnchen wohl zähmen und behalten kann. Ich würde mich aber ekeln, wenn es überall hinmacht. Doch drei Tage habe ich es schon und noch nicht gefüttert. Deshalb hat es auch keine Verdauung.

Das Symbol „Eichhörnchen" scheint schwer zu deuten. Doch manche Indizien führen uns auf die Spur, dass Sex gemeint ist, insbesondere das männliche Genitale. Und das stimmt mit dem Archetyp des Eichhörnchens überein, mag er auch nicht sehr bekannt sein. Der „Mann spielt" hier mit seinem Penis, seinem Phallus. Die Tagesdecke, das Bett und besonders das Weinrote sind verdächtig – sie passen zur Erotik, in diesem Falle zum sexuellen Missbrauch. Das Mädchen/Kind weiß nicht genau, was der Mann da zwischen den Beinen hat, das kindliche Unbewusste meint ein lästiges (auch pelziges) Tierchen vor sich zu haben. – In anderen Missbrauchsträumen können sich „Puppen, Zwerge" für den männlichen Phallus finden. – In einem „Schlafzimmer" spielte es sich also ab. Das kleine Buch ist das Mädchenhafte, ist ein kleines Mädchen, genauer noch das kindlich-weibliche Genitale, deshalb kein großes, quasi erwachsenes, sondern ein „kleines" Buch.
Es trifft zu: der Mann hat sich dies einfach genommen, also „geklaut und spielt damit". Der Ekel ist eine normale Reaktion des Kindes/Mädchens, wenn Eichhörnchen/Phallus ejakulieren, „wenn es überall hinmacht". Auch die angesprochene Verdauung meint Ejakulation.
Die erwachsene Frau hat natürlich einen Konflikt, wenn sie so etwas träumt. Denn sie weiß, dass das Eichhörnchen auch für angenehmen Sex zu gebrauchen ist. Der Phallus ist ein Lustsymbol für sie, und ihr ist klar, dass der auch etwas erwartet, er möchte behandelt und „gefüttert"

werden. Die „Drei" ist vermutlich hier die Zahl des Männlichen (oder ihr Ehemann wartete aktuell schon „3 Tage" oder sonst etwas Ähnliches). Die „Verdauung" wäre auch der normale Regelkreis, das naturgemäße Funktionieren des Penis/Phallus/Eichhörnchens. Das Kind in der Frau möchte aber das Tierchen vernachlässigen, strikt sogar. Doch es gibt Schuldgefühle, die Missachtung des Tierchens wäre grausam oder herzlos. Also ein Zusammensein mit Mann widerstreitet mit der alten Erinnerung an Ekel usw. Ein Kompromiss in diesem schweren Konflikt wäre: das Eichhörnchen „zähmen" und es als unaggressiv und nicht missbrauchend „behalten", dabei etwas Distanz habend und es nicht so oft fütternd. Ob ihr Ehemann mit dieser Entschärfung, mit dieser Behandlung seines Eichhörnchens einverstanden ist?

Wir haben hier ein typisches Ergebnis von Missbrauchsgeschehnissen: Die Sache wirkt ein Leben lang fort. Und es gibt für das Opfer ein ganz schwieriges Gemisch aus Ekel, Abwehr, Schuldgefühl, Sexinteresse – eine fast nicht zu entwirrende Gemengelage. Genau wie in dem Traum hier eine eindeutige Einstellung zu dem Eichhörnchen gerade nicht vorhanden ist …

Von der Träumerin gibt es ein Gedicht, zeitnah verfasst, das so lautet:

„Eichhörnchen im Bett
Seltsamer Traum letzte Nacht
Schlaf lieber allein"
[19.10.2008]

Kein Kommentar, möchte ich dazu sagen. Das Gedicht illustriert den Konflikt mit dem Eichhörnchen im Bett deutlich genug: Soll ein missbrauchtes weibliches Wesen einen Mann mit ins Bett nehmen oder lieber allein schlafen?

Nachtrag 1.08.2012: „Eichhörnchen" als Archetyp = Gier, Fruchtbarkeit, es bringt Regen und Schnee, steht gern für Bosheit und Feindseligkeit; es ist also ambivalent, recht fruchtbar, aber auch nicht ohne Haken, ohne Negatives.

Angst und Schuld, Begleiter lebenslang!

Am 14.2.2013 wurden wir Frauen aufgerufen, auf die Straßen zu gehen und zu tanzen.Tanzen gegen „Gewalt gegen Frauen". Und dafür ausgerechnet tanzen? Nein! Nicht mit mir! Mein letzter Tanz ist sicher schon fünfundfünfzig Jahre her. Könnt ihr Frauen denn noch tanzen? Wann ist mir diese Leichtigkeit, diese Lust, zu tanzen abhandengekommen? War sie nie da?
Vielleicht durch Übergriffe zwischen meinem zweiten bis vierten Lebensjahr? Ein diffuser Ekel blieb. Lebenslang. Hielt nur brutale Vergewaltigung für Missbrauch. Alles andere schien mir bloß unanständig.
Durfte mit sieben Jahren mittags mal allein ins Kino. Bemühte mich still, brutalen Händen auszuweichen. War ja ein Erwachsener und bei Erwachsenen haben Kinder zu schweigen. Mein Weinen machte neben mir Sitzende wütend. Warum schickt man Kinder allein ins Kino, schimpfte jemand!
Die Kriegszeit habe ich in dieser Beziehung fast ungefährdet überstanden. Ach, entblößen usw. gehört ja auch dazu? In der Nachkriegszeit täglich in vollen Zügen und Straßenbahnen war ein Betatschen und mit dem Unterleib, wie um Einlass ringend, fast alltäglich. Einmal sogar von einer Frau, was mich am meisten schockte.
Nahm Akkordeonunterricht bei einem Kollegen meines Vaters. Es dauerte nur einige Unterrichtsstunden, und die Frau verließ mit der kleinen Tochter die Wohnung. Die Vierjährige drehte mir zum Abschied hart an einer Brustwarze. Ich glaube, ich kann von Glück sprechen, dass er nie brutal wurde. Aber bei jeder Unterrichtsstunde handgreiflich. Als Achtzehnjährige ging ich mit meiner vier Jahre jüngeren Schwester zur Tanzschule.
Deshalb konnten wir später ein Tanzcafé besuchen, meine Schwester, unsere Freundin und ich. Was ich nicht wusste: Dort spielte mit noch ein paar anderen Musikern mein Akkordeonlehrer. Als ich ihn dort entdeckte, verschwieg ich es den anderen beiden.
Jeden Sonntag wurde ich nun mit einem Tusch empfangen, und sie spielten *Auf der Heide blüht ein kleines Blümelein, und das heißt Erika*.
In fortgeschrittener Zeit machte er Pause, um mit mir zu tanzen. Natürlich mit „Schlüsselbund in der Tasche". Wie hätte ich meiner

Familie erklären sollen, warum ich nicht mehr dort hin wollte? Glaubte mir ja doch niemand!

Als ich es nicht mehr ertrug, vertraute ich mich doch meinen Eltern an. Hätte ich auch lassen können. Ich würde mir nur etwas einreden. Wäre doch Papas Kollege!

Wurde bei einer Jubiläumsfeier von einem meiner Kollegen einfach auf den Arm genommen, mit meinen nicht mal 50 Kilo kein Problem. Er entführte mich in einen Kellerraum. Erst glaubte ich an einen Scherz, aber als er merkte, ich wollte wirklich nicht, was er wollte, war er tödlich beleidigt. Er hat mich nicht mal mehr gegrüßt.

Wurde wegen ständiger Leibschmerzen vom Hausarzt zum Röntgen überwiesen. Zu einem Freund von ihm, einem bekannten und anerkannten Röntgenologen.

Nach der Vorbereitung – Kontrastmittel schlucken, Einlauf mit Kontrastmittel – untersuchte mich der Arzt während des Röntgens gründlich. Kann man den Brei von außen hin und her schieben? Ich wunderte mich aber, wohin er mit einem Finger ging. Zweifelte, ob das dazu gehört. War wütend, aber zu feige, mich zu wehren. Wie oft hörte man, wenn man sich wehrt, ist man nachher nur der Dumme. Wie sollte man so etwas beweisen? Auf dem Flur sah er mich mit einem unverschämten Grinsen an. Sagte, ich hätte Spasmen. Daher meine Schmerzen.

Vertraute mich meinem Hausarzt an. Er war geschockt, aber auch er betatschte mich später mehrmals. Konnte nicht verstehen, dass ich meinem schon älteren Mann treu bleiben wollte. Er fand mich so niedlich, klein und doch alles dran, schwärmte er vergebens.

Selbst ein von uns allen geschätzter älterer Zahnarzt, von dem ich das nie erwartet hätte, schob mir während der Behandlung etwas in meine Hand, während er mit meinen Zähnen beschäftigt war. Ich ging nie mehr dort hin. Nahm weiter Akkordeonunterricht, aber inzwischen bei uns zuhause. Doch das änderte nichts.

Ich war dreiundzwanzig Jahre. Bekam eine vierwöchige Kur. Dort lernte ich einen älteren Herrn kennen, meinen späteren zweiten Mann Peter.

Als er mich bei einem Spaziergang küsste, war ich enttäuscht und in Panik. Aber er bemerkte es, und reagierte zurückhaltend.

In den vier Wochen wurden wir uns vertraut, wussten, wir würden uns nie vergessen. Der Abschied fiel schwer. Er war verheiratet. Aber er wurde nach einiger Zeit mein „erster Mann".

Ich verlor die Lust am Akkordeonspiel mit den unangenehmen Begleiterscheinungen. Und wohl auch das Tanzen.

Im gleichen Jahr fuhr ich im Herbst das erste Mal ohne Eltern in Urlaub. Nach Österreich. Ein junger gut aussehender Österreicher bat durch den Kellner, ob er sich zu mir setzen dürfe. Ich glaubte, eine Gestalt von Ganghofer zu sehen. Volles, dunkelblondes Lockenhaar, dunkelblaue Augen unter zusammen gewachsenen Brauen. Selbst der Cordanzug stimmte, Dialekt sowieso.

Ich ließ mich mit ihm ein. Unlustig, unerfahren, doch einmal musste es ja sein. Es war kein Übergriff. Hatte Bedenken etwas zu verpassen. Fühlte mich schon alt. Er wurde mein erster Ehemann.

Ich hatte ja nie gelernt, mit Männern umzugehen. Denn zuhause wurde immer noch jeder männliche Kontakt streng verboten. Nach sieben Jahren trennte ich mich von ihm. Ich musste erfahren, dass es auch in der Ehe Übergriffe gab. Und das wollte ich nicht mehr. Ich trennte mich von ihm und auch von Ganghofer.

Der Mann, den ich vor sieben Jahren in der Kur kennengelernt hatte, war inzwischen Witwer. Er wurde mein zweiter Ehemann. Er hatte das nötige Gespür dafür, was ich wollte und was nicht. Nie gab es in den dreiunddreißig Jahren Ehe eine ungewollte Annäherung.

Als er gestorben war, musste ich den Kundendienst für den Fernseher bestellen. Voller Mitleid sagte der Chef, den wir schon lange Jahre kannten, dass er mir gerne über die traurige Zeit helfen würde. Unmissverständlich!

Aber erst mit fünfundsechzig lernte ich, zu genießen. Und dafür bin ich dankbar. Doch eine Frage bleibt: Was machte ich falsch, welche Signale sandte ich aus? Wie hätte ich lernen sollen, mich abzugrenzen?

Ich kam mir immer wie ein Selbstbedienungsgerät vor! Ein Nein hätte ich mich nie getraut zu äußern. So blieb mir nur die Flucht. Bis ich Henning kennen lernte.

Sah dich nie lachen
Außer ein Mann kam dir nah
Schämte mich für dich

Die geprügelte Generation

(von Ingrid Müller-Münsch)

Dieses Buch gab mir Mut, mich auch an das Thema Eltern ausführlicher zu wagen. Wenn man sie auch nicht selbst aussucht, begleiten sie einen bis ans Ende. Unausweichbar. Also waren Prügel weit verbreitet? Doch nicht so normal wie empfunden? Nicht selbstverständlich?
Bei jedem Kapitel dachte ich: Du kannst manchen Betroffenen toppen. Da es ein geliehenes Buch war, wunderte ich mich, dass die Eigentümerin genau die Stellen angestrichen hatte, die mir nichts oder wenig sagten. So ganz anders ihre Probleme.
Denn Schläge, die auch ich bekam, waren in der Stärke oder Wut, mit der sie ausgeübt wurden, unterschiedlich. Die Instrumente der Misshandlung gegen mich waren meist die flache Hand.
Aber um die Seele zu zerstören, hat man feinere Methoden. Und in einem langen Leben kann man die Taktiken immer noch verbessern. Keine Möglichkeit blieb ungenutzt. Man durfte nur den Einfluss nie unterbrechen. Den Druck nicht lockern. Lebenslang.
Brutal geschlagen hat mich mein Vater nur einmal. Wir wohnten noch in Köln. Waren noch nicht vor den Bomben nach Rheinbreitbach geflüchtet. Demnach wohl ungefähr im Jahr 1940? Wäre also acht Jahre alt gewesen. Besuchte die Volksschule. Lehrer forderten uns auf, nachmittags Lumpen, Metall und Papier zu sammeln. Für Führer und Vaterland.
Fand ich abenteuerlich, da ich sonst nicht einfach in den Straßen herumlaufen durfte. Außerdem setzte man uns Kinder auch unter Druck. Bei Verweigerung würden die Eltern bestraft, wurde uns ständig gedroht. Fleißig haben wir gesammelt. Mancher Keller wurde für uns leer geräumt. Der Nebeneffekt, alles, was brennbar war, zu entfernen. Bei Bombenabwurf war so die Brandgefahr geringer.

Als ich nach Hause kam, zerrte mich mein Vater wutentbrannt ins Kinderzimmer und prügelte sinnlos auf mich ein. Ich schrie das ganze Haus zusammen. Hilfe bekam ich keine. Ich erfuhr auch nicht, warum ich so misshandelt wurde.

Sonst schlug mich mein Vater nie. Fasste mich nie an. Er ließ sich nur anfassen als ich ein kleines Mädchen war. Glaube heute noch oft das Produkt dieser „Zärtlichkeiten" zu erdulden, den Geruch der warmen Unterwäsche. Bekomme immer noch meine „Psycho-Pickel" (Herpes) wie ich meine Krankheit taufte, beim daran denken. War wie eine unheilbare Wunde, immer wieder. Ahnte meine Mutter, was mit mir los war? Wenn sie mal nicht zu Hause war, fragte sie nachher immer: „Was hat Papa gemacht? War er abends zu Hause?" Sah sie mich als junge „Rivalin"?

Und nach und nach fällt mir ein, dass meine Schwester nie dabei war, wenn ich von ihr geschlagen wurde. Sie wurde ganz anders behandelt. Konnte doch nicht nur an dem hübscheren Aussehen liegen?

Doch dann verstehe ich nicht, warum unsere Mutter ihn mit Berührungen meines nackten Schwesterchens beim Wickeln reizte! Nicht einmal fünf Jahre war ich, und fand das sogar als kleines Mädchen abstoßend und peinlich.

Vater gab sonst immer nur ein kurzes Kommando an meine Mutter: „Mama, klatsch der mal ein paar!" Begeistert folgte sie seinem Befehl. Sie schlug alle, die ihr gerade nicht passten. In sinnloser Wut! Sogar meinen Vater und immer wieder mich.

Der schlimmste Vorfall war das Verprügeln meiner Cousine, zehn Jahre älter als ich. Nur weil sie sich angeboten hatte, auf Petra aufzupassen, die erst zwei Jahre war. Trude wollte mir ermöglichen, an der Kommunion Bernds teilzunehmen. Und das passte meiner Mutter nicht. Nahm sie ihr damit einen Teil ihrer Macht über mich? Trude hatte es doch nur gut mit mir gemeint.

Aber in Mutters Vorstellung hatte ich durch meine Schwangerschaften Schuld auf mich geladen, mein Schicksal mir selbst zuzuschreiben. Also sollte ich büßen. Schuld, Schuld, lebenslange Schuld.

Ihrem angebeteten Enkel den Ehrentag zu verderben, das störte sie nicht. Sah wieder nur sich. Und wenn ich so überlege: Wo war mein Vater? Er war oft an Ort und Stelle, aber eigentlich nie anwesend. Farblos, gesichtslos. Er griff nie ein, allenfalls mal um ein entspannendes Gespräch bemüht. Konnte er nicht anders damit umgehen? Er hatte andere Interessen als seine Familie. Flüchtete er in seine Traumwelt?

Versessen war er zum Beispiel auf Cornelia Froboess, das einzige vieler Mädchen, deren Name ich weiß. Ein kleines Mädchen. So niedlich, kess und doch unschuldig. Er schrieb ihr Briefe, schickte Päckchen, versuchte auch dabei zu sein, wenn sie Auftritte hatte. Dann war er hemmungslos, vergaß seine Familie.

Ein ständiger Streitpunkt mit meiner Mutter war in der Kinderzeit das Essen. Sie war von zu Hause gutes Essen gewohnt. Meine Großeltern hatten im Lauf ihres Lebens verschiedene Restaurants und Weinlokale. Ich kann mich nur an das letzte erinnern, eine Kneipe mit Restaurant in der Jahnstraße. Die Gäste lobten immer die gutbürgerlichen reichlichen Gerichte.

Die Familie wurde sparsamer abgespeist. Doch es fehlte nie am Nötigsten. Dann hatte meine Mutter einen eigenen Haushalt ohne Personal. Ein „Lieschen" fürs Putzen gönnte sie sich immer. Aber kochen musste sie nun selbst.

Und jeden Tag, wirklich an jedem, bekamen wir zu hören, dass sie den ganzen Tag am Herd stand und wir dann nicht essen mochten. Kochen um des Kochens willen. Nicht ein einziges mal, um uns zu erfreuen. Abspulen des Gewohnten. Nie fragte sie: „Auf was hättet ihr denn mal Appetit?" Wäre heute selbstverständlich.

Alles Gemüse kochte sie zu Brei. Es sei so leichter verträglich. Reis und Nudeln – alles bis zur Unkenntlichkeit zerkocht.

Doch ich kann mich an verschiedene Suppen erinnern, die ich noch heute gerne essen würde. Sauerampfersuppe mit Büchsenmilch und einem hart gekochten Ei. Tomatensuppe mit Reis. Sonntägliche Buchstabensuppe mit Zwiebelringen und Markbällchen. Herzhafte Graupensuppe. Grüne Bohnensuppe liebte ich besonders.

Wovor ich mich ekelte, waren die weißen Suppen. Milchsuppen, Milchnudelsuppen, Grießsuppen. Nur Haferflockensuppe mochte ich. Die wurde nicht mit Milch gekocht, sondern mit Wasser und vor dem Servieren mit Dosenmilch verfeinert.

Was ich überhaupt nicht mochte war Rotkohl mit Kotelett. Kotelett war so zäh, konnte ich nicht beißen. Dadurch kam meine Mutter auf eine für sie erfreuliche Idee. Sperrte mich mit diesem Gericht im Wohnzimmer ein, das sonst nur Weihnachten benutzt wurde. Und erst, wenn beim Kontrollgang der Teller leer war, schloss sie wieder auf. Das funktionierte endlich. Jetzt war mein Teller immer leer.

Meine Mutter sprach selten mal mit Nachbarn. Aber wenn es Negatives über mich zu erzählen gab, wurde sie gesprächig. Stolz erzählte sie von ihrem Erziehungserfolg. Damals erwachte eine Boshaftigkeit in mir, die mich tröstete. Warum sah sie nicht die Schleifspuren am Tellerrand, wo ich mein Essen in den Gusseisenofen geschoben hatte? Schlimm empfand ich, über mich zu klagen, während ich neben ihr stand. Als ob ich nicht vorhanden wäre.

Erst Weihnachten, als der Ofen beheizt wurde, hatte ich entsetzliche Angst. Doch unbegründet. Denn der Inhalt war sicher schon unkenntlich mumifiziert. Und den fürs Feuer machen zuständigen Vater hätte das wenig interessiert.

Strafen mussten also nicht unbedingt Prügel sein. Mutter verdächtigte mich ständig, ihnen „das Essen aus dem Mund zu stehlen". Es ihnen nicht zu gönnen. Dann schickte sie mich raus bis sie gegessen hatte. Denn manches bekamen Kinder grundsätzlich nicht. Fleisch bekamen wir selten. Erfuhr später, dass ihr oft das nötige Geld gefehlt hatte. Denn mein Vater ekelte sich leicht und sie durfte für ihn nur aus einem Feinkostladen kaufen.

Ich sehe mich noch heute vor ihrem Kleiderschrank stehen. Zitternd vor Wut ihren zarten reinseidenen Frisierumhang in den Fäusten. Ich wollte ihn in kindlicher Ohnmacht zerreißen. Etwas zerstören, an dem ihr Herz hing. Ich brachte es nicht über mich.

Als wir vorübergehend – wie wir annahmen – nach Rheinbreitbach umsiedelten, war ich elf Jahre alt. War durch das Leben auf dem Land nicht mehr so kontrollierbar. Hatte endlich ein wenig Freiheit.

Doch in der Besatzungszeit glaubte ich, den Gipfel aller Erniedrigungen erreicht zu haben. Sperrstunde war morgens bis sechs Uhr. Vorher durfte niemand auf die Straße. Der Bevölkerung wurde mit erschießen gedroht.

Allen Tee, den wir besaßen, hatte mein Vater schon in der Pfeife geraucht. Tabak anzupflanzen und weiter zu behandeln schaffte ich so schnell nicht mehr. Es dauerte zu lange, das Beizen brauchte seine Zeit. Dafür musste ich die Blätter in einem Tontopf aufeinander schichten, mit einem Stein beschwert gären lassen. Meine Finger waren voller Schwielen durch die stumpfe Schere, mit der ich die Blätter danach in feinste Streifchen schneiden musste. Den Tabak drehte

ich anschließend mit einem kleinen Gerät, ähnlich einer winzigen Hängematte, zu Zigaretten.
Kein holziger Stil durfte vergeudet werden. Die kamen noch in die Pfeife.
Da das alles zu zeitaufwendig wurde, schickte mich mein Vater morgens früh um fünf Uhr unter Gebrüll, das die Scheiben klirrten, auf Rheinbreitbachs Straßen, Dreizehn Jahre war ich. Die Besatzungssoldaten waren Engländer, die die Amerikaner abgelöst hatten. Dadurch wurden die Bedingungen, unter denen wir lebten, wieder schwieriger. Denn den Engländern ging es schlechter als den Amerikanern. Die Ausgangssperre wurde strenger kontrolliert. Wer außerhalb dieser Zeit unterwegs war, lief Gefahr, erschossen zu werden. Ist aber nur einmal geschehen. Ein Dorfbewohner hatte sich den Einmarschierenden entgegen gestellt. Wollte allein das Unausweichliche aufhalten.
Ich musste also jeden Morgen eine Stunde vor Ende der Ausgangssperre unterwegs sein, Kippen sammeln. Raus gejagt von den Schreien des Vaters, wegen seiner unbefriedigten Nikotinsucht.
Scham, Angst, Demütigung. Der Wunsch, ein Schuss würde meine Qual beenden. Mir war inzwischen alles gleichgültig. Wofür noch leben? Dachte, wenn es mich erwischt, habt ihr eure Strafe. Ich überlebte.
Gebückt gehe ich im Traum noch oft über die Hauptstraße. Wie Schwarz-Weiß-Fotos ziehen diese Bilder dann an mir vorbei. Ich weiß, wo die Soldaten tagsüber stehen und rauchen. Sehe mich bis zu dem Straßenknick gehen, dann wieder zurück.
Auf der Ecke wohnte eine Klassenkameradin. Der einzige Lichtblick in meiner Erinnerung. Sie hatte feuerrotes lockiges Haar, das in Wellen bis zur Taille über einem schneeweißen Kaninchenfellmantel lag. Wie eine Märchenfigur kam sie mir vor. So schön! Doch verspottet und gemieden von den Mitschülern wegen ihrer Haarfarbe. In meiner Erinnerung steht sie immer noch dort.
Mein Vater war bis Kriegsende in Köln beschäftigt. Meine Mutter verlor mit ihrem geordneten Leben auch allen Lebensmut. Sie hatte nur noch wenig bis negatives Interesse an mir.
Was mich bis in meine mittleren Jahre immer wieder in Träumen verfolgte, was ihre Drohung, sich aufzuhängen. Dann sah ich sie im Traum im Obstgarten unseres Bauern im Wind schaukeln. Das

Niederträchtigste war, sie verschwand dann öfter einen ganzen Tag. Wo sollten wir sie suchen? Sie kam immer wieder, aber die Angst blieb, wenn wir sie mal nicht sahen.

Einmal erzählte sie uns, sie hätte am Rhein gesessen und ein Mann hätte sie getröstet. Sogar fünfundzwanzig Jahre später auf der Rückfahrt aus dem Urlaub, bei der wir meine Eltern mitgenommen hatten, sagte sie zu Petra, die vielleicht vier oder fünf Jahre war: „Wenn ich Köln sehe, könnte ich mich aufhängen."

Und Petra, noch ganz lustiges Kind, sagte: „Oh ja, Oma, dann schaukel ich dich immer hin und her!"

Wieder ein Familienstreit. Das könnte kein Kind sich ausdenken. Das hätten wir ihr eingeredet. Petra durfte sie länger nicht mehr besuchen.

Doch damals in Rheinbreitbach kam unerwartet Freude ins Haus. Ein Mann besuchte meine Mutter fast täglich. Schmulchen Schievelbeiner nannte ich ihn, weil er so aussah, wie die Figur bei Wilhelm Busch. Dann kicherte sie und benahm sich peinlich. „Herein, wenns kein Schneider ist" rief sie, wenn er an die Tür klopfte. Denn er war von Beruf Schneider. Ich verachtete und hasste sie. So benahm sie sich sonst nur, wenn sie Alkohol getrunken hatte. Das kam Gott sei Dank selten vor.

Ich möchte manchmal wissen, wie meine viereinhalb Jahre jüngere Schwester das alles empfunden hat? Meine Mutter mochte sie zu dieser Zeit noch, wenn sie sie auch oft fürchtete. Ich kann mich nicht erinnern, dass sie jemals geschlagen wurde. Mutter hatte morgens Angst, wie Renate gelaunt war, wenn sie erwachte. So charmant und liebenswürdig Renate war, konnte sie auch sehr launisch sein. Sie hatte eben Charakter. Die Türen knallte sie morgens oft schon nach dem Aufstehen. Dann war ich meiner Mutter als Mülleimer ihrer Sorgen um sie gerade recht.

Für ihren Seelenmüll hat sie mich sowieso früh missbraucht, schon Jahre vor meinem zehnten Geburtstag. Schmiss mit Wortbrocken um sich, mit denen ich nichts anzufangen wusste.

Eingeprägt hatte sich mir ein Vorfall. Als sie im Schlafzimmers beim Staub wischen in meines Vaters Nachttischschublade ein viereckiges Röhrchen mit Tabletten fand, sagte sie zu mir: „Jetzt weiß ich, was Papa immer schluckt."

Zur Rede gestellt sagte mein Vater: „Das ist Okasa Brutal!"

Oder sie äußerte: „In der Hochzeitsnacht sagte dein Vater, ich bin doch keine Klobürste!"

Oder sie gab damit an, wie rücksichtsvoll sie war: „Du hast Glück mit deiner Mutter! Andere Mütter würden morgens an deinen Fingern riechen!"

Weil das für mich geheimnisvolle, ungelöste Rätsel blieben, vergaß ich solche Sprüche nie. Konnte nichts damit anfangen. Ich brauchte lange Jahre, um dahinter zu kommen. Kann aber auch bis heute nur mutmaßen, was in der Ehe der Eltern nicht stimmte. Auch, dass Papas langjähriger Freund seit Jugendzeit gesagt haben soll: „Eine Ehe ohne Kinder geht nicht!"

Das gab sie giftig immer wieder von sich.

Also musste Papa ein Kind machen. Später der Satz vom gleichen Freund, *ein* Kind wäre nicht das richtige. Ein zweites müsste her.

Mit Vornamen wurde der Freund nie genannt. Nur mit dem Familiennamen. Und als meine Mutter erfuhr, dass Papa ihn mal mit mir besuchte, gab es heftigen Streit!

Ich hatte noch eine zweite Oma. Zitteroma wurde sie genannt. Sie lebte in den Riehler Heimstätten. Mein Vater ging selten hin. Meine Mutter nie. Oma zitterte ja. Renate durfte auch nie mit dort hin. So hat diese Oma ihr zweites Enkelchen nie gesehen. Ich erinnere mich nur, dass Papa es ihr bei einem Besuch gesagt hat, er hätte jetzt ein zweites Kind. Sie hat darauf hin geweint.

Als meine Mutter erfuhr, dass ich mit vierundzwanzig Jahren schwanger war, lief sie zur Höchstform auf. Prügelte auf mich ein, bis ich an der Wand Halt fand, dann auf den Boden stürzte. Sie keifte und schrie: „Schade, dieses Kind wird nie Großeltern haben!"

Aber das musste man ihr lassen: Danach ließ sie mich in Ruhe. Und jeden Abend stand ein Schüsselchen Salat im Schlafzimmer. Das war mein „Familienleben".

Bis einen Tag vor der Hochzeit sprach niemand mehr mit mir. Eine Kollegin, der ich mich anvertraut hatte, hatte eine liebe Mutter. Sie bot an, mir eine schöne Hochzeitsfeier auszurichten. Sie besaß Übung, weil sie selbst fünf Kinder groß gezogen hatte.

Doch am Tag vor der Hochzeit sprach man wieder mit mir. Ich erfuhr, wann und wo wir in einem Café nach der Trauung einkehren würden. Eine Freundin dürfte ich einladen.

Ich lud die Kollegin ein, die mir für die Hochzeit ein dunkelblaues Kostüm mit Spitzenbluse genäht hatte. Mir blieb das peinliche Problem, die Vorbereitungen der Hochzeitsfeier der hilfsbereiten Kollegin zu stoppen und abzusagen. Nach der verordneten Feier begleitete uns mein Vater zum Nachtfernzug nach Österreich. Er hatte für unsere Hochzeitsreise zwei Platzkarten besorgt. In einem Sechs-Personen-Abteil verbrachten wir die Hochzeitsnacht. Ziel, die Heimat meines Mannes.

Ich hatte ein Leben lang Mitleid mit meiner Mutter, bis sie im Alter von 82 Jahren starb. Mir war klar, dass ihr Leben durch eine, wie ich es war, zerstört wurde. Blass, farblos, wasserblaue Augen, dünnes blondes Haar. Charakterlos. Die sie immer enttäuschte. Entsprach nicht ihren Vorstellungen.

Ich glaube, den ersten Satz, den ich kennen lernte war: „Ich hab dich ja nie gewollt."

Ist das nicht ein arges Leben? Zum Muttersein gezwungen zu werden? Und dann auch noch mit einem Kind gestraft zu werden, dass so unansehnlich war! Das ihr wie ein Klotz am Bein hing. Sie an allem hinderte, was sie sich wohl vom Leben erhofft hatte.

Bis zum zweiten Lebensjahr brach ich fast alles aus. Wurde immer wieder erzählt. Ob ich dieses Leben auch nicht wollte?

Oma soll gesagt haben: Gib es auf, die kriegst du nicht durch. Doch irgendwie lebte ich immer weiter, wenn ich auch bis zur Jugendzeit das Essen oft nicht bei mir behalten konnte.

War mit „unklaren Bauchbeschwerden" als Jugendliche mehrmals im Krankenhaus. Man operierte Brüche, operierte den Blinddarm raus – nichts half. Bei der Galle streikte ich. Habe sie heute noch. Aber da ich mich im Krankenhaus geborgen fühlte, machte es mir wenig aus, fast Stammgast zu sein.

Meine Mutter hat mich nie im Krankenhaus besucht. Auch später, als ich schon verheiratet war und mal krank wurde, ist sie nicht einmal gekommen. Ein Nachbar bot sich an, die Kinder zu meinen Eltern zu fahren, damit sie nicht mit Grippe angesteckt wurden. Dann kam Tante Erna und hat uns etwas gekocht.

Nur eine Ausnahme gab es. Als Petra geboren wurde, ist sie das erste und einzige Mal ins Krankenhaus gekommen. Nahm aber als Verstärkung eine Nachbarin mit.

Nie vergesse ich ihren Ausspruch bei diesem Besuch: „Du kriegst ja immer, was du willst!"

Ich hatte mir nämlich als zweites Kind ein Mädchen gewünscht. Meine Eltern besaßen seit meiner ersten Ehe einen Schlüssel unserer Wohnung. Sie kamen einfach herein, wenn sie in der Nähe waren. Als Peter sich nach einiger Zeit unter einem Vorwand den Schlüssel zurück geben ließ, bekam er wieder ein kräftiges Minus! Die Atmosphäre wurde noch giftiger.

Lange Jahre wohnten wir im Parterre. Wenn ich Mutters Stechschritte schon von ferne hörte, brach mir der Schweiß aus. Sie grüßte gar nicht oder sie brachte nur eine flüchtige Floskel zu Wege. Dann kniff sie mich in den Po mit der Bemerkung: „Du hast schon wieder kein Korsett an!"

Das war die Zeit, als ich keine fünfzig Kilo wog.

War bis zum Tod meiner Mutter immer um Leistung bemüht, habe um ein paar freundliche Worte gekämpft. Wollte sie einmal zufrieden stellen, zu meiner Vertrauten machen. Erzählte ihr alles, was ich erlebte, weil sie sonst ja niemand hatte. Hatte Mitleid mit ihr.

Vieles, das ich ihr anvertraute, erzählte sie verfälscht sofort meinem Vater und der Psycho-Terror brach wieder aus. Immer wieder schwor ich mir, nichts mehr zu erzählen. Habe es nie geschafft.

Als meine Mutter dann quittegelb im Krankenhaus lag, hatten meine Schwester und ich nur Angst, sie käme noch einmal nach Hause!

Renate war am Ende bei ihr.

Und bis zu einer Woche vor ihrem Tod ihr Mantra: „Ich habe dich ja nie gewollt."

Und immer meine stumme Frage: „Warum sagst du mir das immer wieder? Ich weiß es doch!"

Als ich meinem Verstand erlaubte, die Gitterstäbe ihrer Macht zu durchdringen. konnte ich mir endlich selbst anerkennen, was ich im Leben alles erreicht hatte.

Die Ehefalle

Ein Indizien-Prozess

Richter: Heute verhandeln wir über den Vorwurf einer Lieblosigkeit. Angeklagt ist Frau H. F., Beruf Hausfrau. Die Angeklagte ist nicht erschienen, da sie vor langer Zeit starb. Vertreten wird sie durch Frau Anwältin Fuchs.
Die Klägerin, Frau E. Maaßen, Rentnerin, verwitwet, ist anwesend. Sie klagt um eine symbolische Entschädigung für entgangene glückliche Kindheit und daraus resultierend lange Jahre unbefriedend gelebten Lebens.
Ihr Verteidiger Herr Mohn.
Zuerst verlesen wir die Anklage. Frau Maaßen war die erste Tochter von Frau F. Frau F. wollte nie ein Kind. Ihr Mann, ein Lehrer, bestand darauf. Sein bester Freund vertrat die Meinung: Eine Ehe ohne Kinder ist keine richtige Ehe.
Da das Kind leider in keiner Weise den Erwartungen der Frau F. entsprach – Umtausch ausgeschlossen – konnte sie keine mütterlichen Gefühle entwickeln.
Aufgerufen wird Frau E. Maaßen.
Richter: „Wollen sie sich selbst zu ihrem Vorwurf äußern?"
Fr. M.: Ich möchte mich über meine Vergangenheit nicht äußern, wenn nicht für den Prozess bedeutend. Nur soviel: Wenn meine Mutter schon keine Liebe empfinden konnte, warum hat sie mir ständig, bis zu ihrem Tod, mein Dasein vorgeworfen? Ich habe nicht gebeten, geboren zu werden.
Ich versuchte alles zu tun, was sie von mir erwartete, und noch mehr, doch alles war falsch. Heute bin ich alt und kämpfe noch oft mit den mir aufgezwungenen Verhaltensmustern. Daher mein Gefühl, ein nicht gelebtes Leben hinter mir zu haben, weil ich immer versuchte, dem Lebensbild meiner Mutter zu entsprechen. Es war ein ständiger vergeblicher Kampf, wenn nicht um Liebe, das war mir kein Begriff, so doch wenigstens um Anerkennung. Von dieser Zwangsvorstellung habe ich mich erst in jüngster Zeit mit Hilfe einer Therapie befreit.
Richter: „Und weshalb stehen sie in dieser Angelegenheit nach all den Jahren hier als Klägerin?"

Verteidiger Mohn: Fr. M. wurde deutlich, dass man Vergangenes nicht rückgängig machen kann. Nur verstehen möchte sie! Ihre Mutter soll ihr, stellvertretend durch ihre Verteidigerin Fuchs, ihre Lieblosigkeit erklären. Was den Stein plötzlich ins Rollen brachte, waren zwei Taschen: eine Reptilledertasche und eine Theatertasche, die sie fragen ließen: Wer war meine Mutter?

Verteidigerin Fuchs: „Frau Maaßen wunderte sich, warum die Taschen noch nach 80 Jahren weitgehend unbenutzt wirkten? Die Antwort ist einfach: Denn auch ihre Mutter hat nicht gelebt. Sie gab ihrer Tochter die Schuld, durch ihre Geburt ein freies Leben verhindert zu haben."

Richter: „So steht Aussage gegen Aussage. Können wir uns darauf einigen, dass eine Wiedergutmachung unmöglich ist, da die Angeklagte und die Anklägerin ihr vergangenes Leben nicht mehr ändern können?

Frau E. Maaßen, möchten sie sich zum Schluss noch einmal dazu äußern?"

Frau E. Maaßen.: „Da ich das alles nun mit den Augen meiner Mutter sehen kann, kann ich es verstehen. Nur nicht, dass sie ihre Lieblosigkeit zu meiner Schuld machte, und mir das lebenslänglich vorwarf. Heute danke ich für mein Dasein, das ich nun führe, seitdem ich mich von ihrem Einfluss befreit habe."

Richter: „Frau Fuchs, Herr Mohn. Frau Maaßen. Ich denke, dann schließen wir die Verhandlung. Die Kosten hat die Klägerin schon über alle Maßen bezahlt. Vergütung hat sie aber auch reichlich durch ihren erfolgreichen Kampf errungen. Und die gebührenfreien Erkenntnisse über die Lehre, wie man auch widrige Umstände überleben kann, wird sie hoffentlich an ihre Kindern weiter geben können.

Hiermit schließen wir die Verhandlung"

Musste diesen Weg alleine gehen, um zu erkennen, es hätte ein gemeinsamer sein können.
Späte Antwort?

Ich suche einen großen Müllbeutel. Meine verschwitzte Bettdecke muss ich morgen zur Reinigung bringen. Hier in Köln ist das Wetter selten warm, sondern sofort schwül. Suche zwischen gesammelten Tüten eine, die mir geeignet scheint. Was ist denn das? Eine vergilbte flache Pralinenschachtel? Glückwunschkarten und Briefe, zur Verlobung, zur Hochzeit, einige zum ersten Kind. Verlobung 1930. Hochzeit 1931. Erstes Kind 1932.

Auf einem großen Blatt ein runder handgemalter Bilderrahmen, gezeichnet Blume an Blume. Ist es Mohn, sind es Rosen? Darunter ein handgeschriebener Glückwunsch zum 29. Geburtstag mit einem vier-strophigen Liebesgedicht zur Verlobung. Obenauf ein Reisepass, Stempel über Stempel, quer übereinander, unleserlich, vergilbt. Passfoto: Keine jungen, aber auch noch nicht alte Gesichter. Mir blieb das Herz stehen, mein Atem stockte. Hat sie mich deshalb gehasst? Ich glaube, mir wird einiges klar. Ich habe dünne Haare wie er. Ein Kind, ihr aufgezwungen, ihrer Freiheit beraubt. Ein Kind, ständig mit Buntstiften beschäftigt. Früh lesend, an Büchern interessiert, Geschichten schreibend. Viele Instrumente ausprobierend.

Glich ihm, war wie er, der verachtete Mann. War es von ihm aus eine Alibi-Ehe? Sexuelle Neigungen, zu Hitlers Zeiten hochgefährlich? Für sie, kein „junges Mädchen" mehr, Zeit zu heiraten? Finanzielle Sicherheit mit einem Beamten, wie sie oft betonte. War wohl ihr einziges Ziel.

Und sonst? War das die Antwort auf meine ständige, stumme Frage: Warum hast du mich nur so gehasst? Noch eine Woche vor ihrem Tod ihr Mantra: Ich hab dich ja nie gewollt!

Ein Geheimnis bleibt: Was hat in der Ehe nicht gestimmt? Was machte den Vollzug der Ehe so problematisch? Denn eine keusche Liebe kann auch romantisch sein. Ein „Geständnis" mutete mir meine Mutter als Zehnjähriger zu. Verweigerung in der Hochzeitsnacht.

Ich wusste damals nicht die Bedeutung von dem, was sie mir gehässig an den Kopf warf. War ich auch da meinem Vater ähnlich? Lieben, bis an eine Grenze. Dann die Flucht. Ich weiß heute, dass Missbrauch mir bis ins Alter eine erfüllte Ehe und Liebe fast unmöglich machte. Was war es bei ihm? Aber ich habe die Liebe im Alter zum Glück noch erleben dürfen.

Warum mich mein Name begleitete?

Eines Tages war es soweit: ein Töchterlein wurde ihm geschenkt. Kleine Mädchen liebte er über alles. Und Heine und seine Gedichte mochte er ebenso. Er stand bewegt vor dem Kinderbett und las der Kleinen ein Gedicht Heines vor:

Du bist wie eine Blume,
So hold und schön und rein;
Ich schau dich an und Wehmut
Schleicht mir ins Herz hinein.

Mir ist, als ob ich die Hände
Aufs Haupt dir legen sollt,
Betend, dass Gott dich erhalte
So rein und schön und hold.

Er wollte sein Mädchen darum auf einen Blumennamen taufen lassen. Nur welchen wählen? Rosa, Rosi, Rosalia, Rosalinde, Roswitha? Alles Namen, die ihn an sündige Frauen erinnerten. Reseda, also Resi? So nannte man Kühe oder Bauersfrauen. Margret, wie die Margeriten? Derbe Feldblumen. Iris? Gedeiht in sumpfigem Erdreich. Für sein Prinzesschen alles ungeeignete Namen.
Und wieder kam ihm eine Zeile aus einem Gedicht Heines in den Sinn:

Deine weißen Lilienfinger
Könnt ich sie noch einmal küssen ...

Lilie, Blume der Reinheit, der Unschuld. Doch Lilly und küssen? Das geht gar nicht, und Lilienfinger, lang und weiß, verabscheute er. Vermied jeden Händedruck. Totenfinger nannte er sie dann, wenn es unvermeidlich war.
Aber ein paar Zeilen weiter:

Deine klaren Veilchenaugen...

Viola, das Veilchen behagte ihm schon eher. Denn bescheiden, sittsam und rein, heißt es in einem bekannten Poesiealbum-Spruch. Doch als er die blauen Augen der Kleinen auf sich gerichtet sah, verwarf er auch diesen Gedanken, denn die Augen waren wasserblau.

Anemone? Hortensie? Blüten ja oft auch in blassblau, aber …

Die Zeit verstrich und das Mädchen hatte immer noch keinen Namen. Es wuchs heran, seine Blicke wurden wach und wissend. Er konnte ihr schon nicht mehr unbefangen in die Augen sehen. Er hatte Angst. Angst, sich zu verraten.

Eines Tages war ihm alles gleichgültig. Er würde sie einfach auf den Namen Erika taufen lassen. Erika, das Heidekraut. Das brauchte keine feinfühlige Pflege, war robust und vertrug selbst den Schritt der Streuner, Wanderer und Wilderer. Und so kam sie an ihren Namen.

So fantasierte sie später, um sich alles, was folgte, zu erklären.

Alte Wunden, alter Schmerz

Du denkst, du hast es geschafft – gib acht!
Das Leben geht weiter, immerhin,
doch kratzt du am Schorf der Vergangenheit,
brechen die alten Wunden wieder auf.

Du glaubst, es schmerzt nicht, das alte Leid,
doch tauchst du in der Quelle auf den Grund,
wirst überschwemmt von Vergangenem,
vergessen das Glück der Zwischenzeit.

Erkennst, auch das gehört zum Leben.
Versuchst, den Mut nicht zu verlieren.
Weißt ums Auf und Ab – des Lebens Lauf.
Hoffst, es wird bessere Tage geben.

Henning, auch ein Prügelopfer

Bald werde ich achtzig Jahre. Und durch das Schreiben kommen immer neue Erkenntnisse. Lassen mich endlich ahnen, warum ich mir oft selbst ein Rätsel war. Immer noch eine spannende Zeit!
Ich erzählte Henning von meiner Freundin. Er konnte nicht verstehen, dass sie sich selbst die Freiheit nahm, ein Verhältnis neben der Ehe zu haben, und zwischendurch immer kurze Beziehungen. Aber mir verübelte, dass ich ihn kennen lernte. Sie rannte auf der Straße einfach an uns vorbei, ohne zu grüßen.
„War das deine Freundin?", fragte er irritiert. Er konnte es nicht begreifen.
Als mein Mann gestorben war und ich neben vielen netten Frauen auch einige Männer in Kursen kennen lernte, wurde mir unsere Freundschaft durch die Zickereien zu mühsam, mich immer verteidigen und entschuldigen zu müssen. Wie bei meiner Mutter früher.
Sicher, sie machte sich Sorgen durch das, was sie von mir wusste. Dass ich vielleicht unberechenbar reagieren könnte. Panisch, traurig, verstört sein würde. Sah sie denn nicht mein wachsendes Selbstvertrauen und auch mein Lieben lernen? Neue wichtige Erfahrungen für mich.
Als sie dann immer wieder „bei Adam und Eva" anfing mir Vorhaltungen zu machen, wann und wo ich falsch gehandelt hatte, ließ ich die Freundschaft einschlafen. So weh es mir auch tat. Es ging nicht mehr.
Sie äußerte sich oft, dass sie nie den ersten Schritt machen würde, um eine Beziehung wieder ins Reine zu bringen. Das könne sie nicht. Das wusste ich auch. Bemühte mich, sie bei Missverständnissen wieder umzustimmen. Sie lobte mich aber auch, immer für sie da zu sein. Und das dreißig Jahre lang. Bis ich keinen Sinn mehr darin sah.
Ich erklärte Henning, dass manche Frauen nur mit dem Körper lieben könnten. Andere Gefühle verstanden sie so wenig, als wenn sie plötzlich Chinesisch verstehen sollten. Glaubten, Sex mit dem Mann ertragen zu müssen. Er beteiligte sich ja an Haushalt und Kosten.
Bis mir Jahre später auffiel, dass Henning sich ähnlich verhielt. Nur ein gravierender Punkt war anders! Wenn er auch nicht lieben konnte, wie er sagte, so war er doch mit Leib und Seele bei seiner momentanen Partnerin. Zweigleisig wäre ihm nicht möglich gewesen. Und die Zu-

friedenheit seiner „Mitspielerin" war ihm wichtiger als seine eigene. Das machte ihn auf seine Art glücklich.

Auffällig war nur, wie er „liebte", ließ selten zu, dass man ihn berührte. Darauf angesprochen, erkannte er sein seltsames Verhalten plötzlich. Ihm war es aber nie bewusst gewesen, hatte keine Ahnung, warum er sich so verhielt.

Waren das die Folgen der Prügelattacken seiner Mutter? Er sagte immer, wenn man alles aufstapelte, was aus Holz war, und sie an ihm zerschlagen hatte, könnte man bestimmt ein riesiges Martinsfeuer entfachen. War für ihn deshalb die Hand einer Frau eine bedrohliche Waffe?

Als mir das endlich klar wurde, meinte ich, er solle doch nicht nur auf das körperliche einer Partnerschaft Wert legen. Er sei zwar vielleicht darin unschlagbar. Doch er hätte viele andere Qualitäten.

Ich sei die erste, die so etwas bei ihm zu entdecken glaubte, meinte er. Da müsste ich mal die Meinung anderer hören.

Ich ließ nicht locker. Ich sagte ihm, er solle sich vorstellen, seine Vitalität könnte auch einmal nachlassen. Besonders durch Medikamente. Und dann?

Ich spürte, das ängstigte ihn. Sonst hätte er ja nichts zu bieten, meinte er. Er tat mir leid. Er war für mich ein gut aussehender, gebildeter Mann. Konnte sich selbst aber nicht leiden. Mochte kein Foto von sich ansehen.

Dann rief er eines Tages erschüttert an: „Weißt du, was mir gerade ein Kollege sagte? Er hätte eine Frau kennen gelernt, die nur auf ihre Kosten käme, wenn sie sich vorstellte, vergewaltigt zu werden!"

Ich hielt die Luft an.

„Bist du noch da?", fragte er.

Mir schoss durch den Kopf, was sollte ich jetzt sagen? Die Wahrheit?! Musste ich wohl.

„Tja, du warst auch bei mir der erste, bei dem ich das nicht brauchte! Wenn ich merkte, Gefühle ließen sich nicht mehr unterdrücken und es nicht half, in Gedanken für den nächsten Tag eine Einkaufsliste zu schreiben, stellte ich mir schnell vor, ich würde vergewaltigt. Auf der Straße. Dann war ich ja nicht schuld. Konnte nicht anders. Wollte nicht wie Tante Meta eine Hure sein. Erst bei dir hatte ich endlich das Gefühl, genießen zu dürfen!"

Jetzt war *er* einmal stumm, so hatte ich ihn geschockt. Und mir wurde endlich klar, was mit uns beiden so ganz anders war. Vertrauen, Zärtlichkeit, Genuss!

Als er mich später einmal fragte, ob ich nicht traurig sei, das alles nicht früher empfunden zu habe, sagte ich: „Hätte ich das alles immer schon gespürt, wäre es ja nichts Besonderes. Wäre ich dann heute so glücklich und zufrieden? Spät, doch nicht zu spät noch diesen Glücksfall zu erleben!"

Falke und Schmetterling

Du bist frei
wie ein Falke im Gehege
abgerichtet
sehnsüchtiger Blick
zur Ferne
nach Beute

Ich bin frei
ein Schmetterling
spüre Sonne
Schönheit
Leichtigkeit
Immer suchte ich
dich

Fand dich

Zart berühren
meine Flügel
die deinen

Doch wir sind
nicht
für einander bestimmt

Mein 81. Geburtstag

Den 80. feierte ich groß. Meine Familie hatte mir ein für mich unvergessliches lockeres Fest bereitet. Sie scheuten auch vor über 80 Gästen nicht zurück. Und selbst strömender Regen konnte unsere Laune nicht verderben.

Als sich mein 81. Geburtstag näherte fragte Petra nach meinen Wünschen und Plänen. Eigentlich wollte ich nur mit der engsten Familie entspannt essen gehen. Sonst nichts.

„Nein", sagte ich auf irritierte Fragen. „Ich habe keinen Grund, nicht anders feiern zu wollen. Nur der 81. ist für mich kein Anlass, außer meiner Familie jemanden einzuladen".

Petra, um die Planung weiterzubringen, schlug vor: „Du kannst doch auch Hubert mitbringen".

„Nein, habe keine Lust dazu. Henning, mit dem würde ich am liebsten feiern. Aber das geht ja leider nicht"!

Da ich vor der Familie fast nichts verheimlichte, wussten sie, dass Hubert seit der Jahreswende wieder mein Leben streifte. Doch es lagen zu viele Jahre zwischen unserem letzten Kontakt. Jahre, die unser Leben entscheidend verändert hatten.

Hubert versuchte, an alte Zeiten anzuknüpfen. Aber so einfach war es nicht. Ich hatte viel an mir selbst gearbeitet. Leider war seine frühere Sensibilität tot. Hatte auch das Schreiben aufgegeben. Ich empfand nichts mehr für ihn.

Aber er hing immer noch an mir, warum auch immer, war glücklich, mich wieder zu sehen. Mir wurde das alles zu viel, ich wollte nicht mehr. Meine Sturheit konnte Petra nicht nachvollziehen, da wir auch mit seiner Familie früher oft zusammen waren. Aber ich wollte ihr nicht sagen, warum ich es nicht wünschte.

Für Hubert war selbstverständlich, dass er mit mir feiert. Ich war in einer Zwickmühle.

Es nahm also alles seinen gewohnten Lauf. Freunde, die jedes Jahr dabei waren, und unsere Familie wollten nach Kaffee und Kuchen grillen. Zwölf Personen wären wir, einer mehr oder weniger war Petra nicht wichtig.

Hubert holte mich bei mir zu Hause ab. Ich wollte den Tag noch überstehen und ihm dann sagen, dass ich unsere Freundschaft, die für mich nicht mehr bestand, beenden wollte, doch er war so entwaffnend, voller Reue, wollte manches ändern ... Langsam entspannte ich mich. Unterwegs zu Petra sagte ich Hubert, dass ich die ganzen Probleme mit Henning nie hätte, im Gegensatz mit ihm. Nicht umsonst bestand unser Verhältnis fast 20 Jahre.

Wir gingen bei Petra durchs Gartentörchen direkt auf die Terrasse.

Was ich dann erlebte war ein Theaterstück mit falschen Mitspielern in falscher Kulisse, aufgereiht die neugierigen Zuschauer. Und die Sonne die Beleuchtung nach langer nasser Zeit. Rechts neben mir mein mich verehrender Hubert, links, mir zugewandt, Henning!?

Ich drehte mich wieder um, dachte, mit meinen Augen oder meinem Verstand stimme etwas nicht. Sah noch einmal hin ... Henning kam auf mich zu, nahm mich fest in die Arme ... Er war also kein Phantom!

Ich hatte ihm beim letzten Telefonat gesagt, wo ich den Tag verbringe und er hatte die Gelegenheit und nutzte sie, mich zu überraschen. Ein unvergesslicher 81.!

Petra, Gastgeberin und eine der Zuschauerinnen, gestand mir später, dass sie zwischen den Blicken von Hubert und Henning überlegte, ob sie Waffen im Haus hätte und wie sie sie zum Duell verteilen könnte.

Denn die Beiden wussten voneinander, waren sich aber nie begegnet.

Für mich gab es keine Probleme mehr. Genoss die Nähe von Henning und vergaß alles rundherum. Ja, leicht hatte es meine Familie nie mit mir!

Ich denke an dich,
wenn die Sonne versinkt,
die Schatten länger werden,
der Tag der Nacht weicht.

Ich denke an dich,
wenn der Abenddunst
die Erinnerung verschleiert
am Ufer der Vergangenheit.

Ich denke an dich,
wenn ein kühler Hauch
die Sonnenwärme vertreibt
und mich frösteln lässt.

Ich denke an dich,
wärme mich an Erinnerungen,
lasse Sternstunden
meine Dunkelheit erhellen.

Warum ist dir mancher Mensch so wichtig? Fragst du, warum du zum Leben das Atmen brauchst?

Henning 2015

Jetzt ist es schon länger her, dass wir uns zum letzten Mal sahen. Gründonnerstag war´s. Schwer der Abschied. Sehe immer noch deinen Blick. Tat so weh!
Ansätze uns zu treffen, waren da, aber immer kam etwas dazwischen. Einige Mal war ich nicht zu Hause, als du zu mir kommen wolltest.
Unsere Telefonate reißen Wunden auf und sind uns doch unverzichtbar. Dann überlege ich, was wäre, wenn ich nicht mehr den Hörer abheben würde? Du würdest dir Sorgen machen.
Was wäre, wenn *ich* von einer Telefonzelle anrief, ohne automatisch eine Nummer zu hinterlassen? Du machtest dich trotzdem verdächtig.
Früher konnten wir anrufen, sooft wir das Bedürfnis hatten. Alles lief zu unserer Zufriedenheit. Und jetzt?
Jetzt musst du tätig werden. Selten hast du Gelegenheit ohne Gefahr anzurufen. Denn Schwierigkeiten wollen wir beide nicht. Ich kann mich in dich versetzen, ahne, was in dir vorgeht. Fehlendes Selbstbewusstsein von dir sehe ich als Gefahr, dass du mit der Zeit nicht mehr anrufst. Wirst du begreifen, dass ich kaum auf deine Lebenszeichen verzichten möchte? Jetzt musst du zeigen, dass auch du die Anrufe brauchst. Warum solltest du es sonst immer tun? Ist nicht einfach für dich, nicht wahr?
Gestern Abend ist mir kurz vor dem Einschlafen etwas Seltsames geschehen. Ich las von Camus *Der Fremde*. Glitt während des Lesens in einen Halbschlaf. Telefonzelle, Gefängniszelle, bewilligte Zeit hier wie da, wurde eins. Traurig erwachte ich.
Wochenlang hörte ich jetzt nichts mehr von dir. Weißt du, wie schlimm das ist? Doch noch nie, bevor ich dich kennen lernte, habe ich so vertrauen können. Muss nie zweifeln, warum ich nichts von dir höre. Mit dir ist Sicherheit in mein Leben gekommen. Denn ich weiß, du würdest anrufen, wenn es nicht Hindernisse gäbe. Irgendwie ist das Schicksal im Augenblick gegen uns. Nichts anderes.

Ich hoffe nur, du bist gesund? Und eines Tages wird wieder ein Sturzbach von Fragen über mich ausgeschüttet – wie ist es bei dir, was gibt es bei dir Neues?

Doch immer wieder passiert es mir, dass ich eines Tages unerträglich stark an dich denken muss … und du rufst an. Nicht so einfach an dich denken, sondern fast zwanghaft. Wie soll ich mir das erklären? Gibt es das denn?

Habe vor ein paar Tagen bei einem Interview mitgemacht. Liebe im Alter war das Thema. Ist dir jetzt wieder peinlich, nee?

Du glaubst, du kennst mich –
täusch dich nicht!
Hab nicht nur ein Gesicht.
Meinst du, du kennst eins,
schwindet es.
Kenn mich oft selber nicht.

Spiegelbild

Ich vermisse dich. Ich sehne mich immer noch nach dir. Du warst mir mein Spiegel. Ich brauchte keinen anderen, ich hatte ja dich. In deinen Augen nahm ich mich wahr. Ich war schön, weil du mich liebtest. Wenn ich die Augen schloss, wenn deine Arme mich hielten, war ich Ich. Wenn ich die Räume durchschritt auf dem Weg zu dir, streifte ich mein Spiegelbild nur flüchtig. Deine Stimme lockte mich und schmeichelte mir. Untrennbar das Ich vom Du.
Lang ist das her. Heute hallen meine Schritte durch die ohne dich stillen, leeren Räume. Blind ist der Spiegel. Wenn ich in einsamen Stunden an ihm vorbei komme, begegnen mir die Schemen der Vergangenheit. Sie drehen mir den Rücken zu. Keiner schaut mich an. Wohin sind alle entschwunden? Ist es falsch, alleine dich zu lieben? Jetzt bleiben mir oft nur Erinnerungen. Und ich fröstele.
Letzte Nacht träumte ich.
Wir gingen nebeneinander. Abschiedsschmerz ließ uns verstummen. Wir wussten, es war ein Abschied für immer. Plötzlich eiltest du ohne Gruß fort. Ich rief dich, doch kein Ton kam über meine Lippen. Ich wollte dir folgen, aber ich kam nicht von der Stelle. Verzweifelt blieb ich stehen, verwurzelt im Kopfsteinpflaster. Plötzlich ließest du einen Krückstock aus deiner Hand fallen. Dann drehtest du dich um, liefst auf mich zu, nahmst mich in deine Arme. Wärme umhüllte meinen Körper. Alles wird jetzt gut, ging es mir durch den Sinn.
Morgens, beim Erwachen, fühlte ich mich seltsam getröstet. Heute fange ich noch einmal neu an.
Ich trete vor den Spiegel. Blind ist er, versponnen und verwoben. Was erwartet mich dahinter? Zaghaft strecke ich einen Finger aus. Berühre das Gespinst der vergangenen Zeit. Streife es ab. Kann ich meinen Anblick ertragen? Ohne ein Du, nur ich? Bin ich ein richtiges

Ich ohne ein Du? Ich finde mich und schaudere. Warum habe ich mich nie spüren können ohne ein Du?

Die Schemen im Hintergrund, die mir den Rücken zuwenden, scheuche ich fort. Nur die, die mit mir Augenkontakt halten, begrüße ich mit einem „Hallo, Du". Und das bin an erster Stelle ich selbst. Ich sehe mir in die Augen. Erkenne mich, halte mich aus.

Ich stelle fest, es lohnt sich noch, zu leben.

Erinnerung an mich

Urlaub im Krieg als Kind

Ich liebe dich, Erde,
mit allem, was auf dir lebt.
Gott hat dich geschaffen.

(Teil eines Graffito an der Berliner Mauer)

Ich bin zehn Jahre alt. In Köln sind Sommerferien. Deshalb machen wir eine Woche Urlaub in der Eifel. Hier hört man vom Krieg nur aus der Zeitung. Keine feindlichen Flieger, kein Luftschutzbunker. Nachts können wir durchschlafen. Fühle mich frei. Streife mit den Dorfkindern durch den Wald. Spielen in einer Höhle Vater, Mutter und Kind.

Ich soll die Mutter sein. Man legt mir ein „Baby" in den Arm. Ich muss ihm die Brust geben, die gerade beginnt, sich zu entwickeln,. Die Dorfkinder wissen, wie man einem Kind zu trinken gibt. Ein Gefühl, dass ich nie vergessen sollte. Für die anderen nur ein Spiel.

Montags gingen sie wieder zur Schule. Ich lag sehnsüchtig allein im Gras. Wäre gern noch einmal „Mutter" gewesen, wollte das Gefühl noch einmal spüren. Hörte die Bienen summen, das trockene Gras rascheln, das einen betäubenden Duft verströmte.

Presste, auf dem Bauch liegend, meinen Körper fest auf die Erde. Spürte, in mir änderte sich etwas. Wusste doch nicht was. Suchte im Gras Hilfe, Verstehen, Halt. Fühlte ich mich eins mit der Natur. Fand hier meinen Frieden.

Konnte es leider nicht in Worte fassen. Das gelang mir erst, als mein Leben sich neigte.

Ich erinnere mich

Ich erinnere mich, dass
ich Träumen und Ängsten schutzlos ausgesetzt,
einsam und hilflos war.

Ich erinnere mich, dass
ich wortlos war. Kinder haben zu schweigen.
„Reden ist Silber, Schweigen ist Gold."

Ich erinnere mich, dass
ich schnell lernte: „Geben ist seliger denn nehmen."
So fiel der Verzicht leicht.
Gibt es Schöneres, als anderen eine Freude zu machen?

Ich erinnere mich, dass
ich oft den Clown spielte, um nicht weinen zu müssen.
Wollte die zerstrittene Familie kitten.

Ich erinnere mich, dass
ich das Lachen verlernte, denn:
„Am Lachen erkennt man den Narren."

Ich erinnere mich, dass
ich früh begriff: „Alle Menschen sind schlecht".
Wer mich mag, hat Hintergedanken.
Auflehnung gegen diese Meinung
wurde mit Hohn und Verachtung beantwortet.

Ich erinnere mich, dass
nur der geliebt wird, der schöner, klüger, besser ist.
Also war ich keiner Liebe wert – und wollte keine.

Ich erinnere mich, dass
Gehorsam die höchste Tugend ist.
Verlust der Freiheit, der Selbstständigkeit,
des Denkens und Handelns die Folge.

Ich erinnere mich, dass
keine Leistung des Lobens wert ist.
Sie konnte immer noch verbessert werden.
Ich gab auf.

Ich erinnere mich, dass
ich bedingungslos vertraute und dann bitter enttäuscht wurde.

Ich erinnere mich, dass
ich mich in Gedanken trotzig auf die Hinterbeine stellte
und versuchte, meine Komplexe zu überwinden.
Und erst im fortgeschrittenem Alter feststellte,
dass es nicht ganz gelang.

Ich erinnere mich, dass
ich die Wörter mit „W" entdeckte:
Wem nützt das alles?
Warum soll ich so weiter machen?
Was bringt das mir?
Weshalb merke ich das jetzt erst?
Warum und vor was habe ich immer noch Angst?
Wie kann ich mich ändern?

Ich erinnere mich, dass
ich mich plötzlich gut fühlte: befreit, akzeptiert, geliebt.
War das alles erst seit gestern?

Jemand, der mich leider in meinem Leben nicht mehr begleitet hat

Bernhard

Nach der Ballade von Johann Gottfried Herder: <u>Edward.</u>

Mein Sohn, was treibst du in der Nacht?
                       Bernhard, Bernhard!
Mein Sohn, was treibst du in der Nacht?
                       Du kannst es mir gestehn!
Ich kann nicht schlafen, glaub es mir doch,
                       Mutter, Mutter!
Ich kann nicht schlafen, glaub es mir doch!
                       Lauf deshalb aus dem Haus!

Was hat dich um den Schlaf gebracht?
                       Bernhard, Bernhard!
Was hat dich um den Schlaf gebracht?
                       Du siehst so traurig aus!
Mein Herz ist schwer, drum treibt´s mich in die Nacht,
                       Mutter, Mutter!
Mein Herz ist schwer, drum treibt´s mich in die Nacht,
                       lauf deshalb aus dem Haus!

Was hat dir´s Herz so schwer gemacht?
                       Bernhard, Bernhard!
Was hat dir´s Herz so schwer gemacht?
                       Erzähle es mir doch!
Mich hat Lieb um die Ruh gebracht,
                       Mutter, Mutter!
Mich hat Lieb um die Ruh gebracht,
                       weiß nicht, wie´s weitergeht!

Mein Sohn, wo warst du letzte Nacht?
                                Bernhard, Bernhard!
Mein Sohn, wo warst du letzte Nacht?
                                Ich hab geweint um dich!
Will nicht mit dir darüber sprechen,
                                Mutter, Mutter!
Will nicht mit dir darüber sprechen,
                                es geht dich auch nichts an!

Dein Zimmer ist so leer geräumt!
                                Bernhard, Bernhard!
Dein Zimmer ist so leer geräumt!
                                Wo willst du denn jetzt hin?
Das lass nur meine Sorge sein,
                                Mutter, Mutter!
Das lass nur meine Sorge sein,
                                und lass mich endlich gehn!

Wo mag dein Heim wohl heute sein?
                                Bernhard, Bernhard!
Wo mag dein Heim wohl heute sein?
                                Und ob du glücklich bist?
Ich hab geweint im Schlaf heut Nacht!
                                Mutter, Mutter!
Ich hab geweint im Schlaf heut Nacht
                                ich bin oft heimwehkrank!

Und bist du krank, ich weiß es nicht,
                                Bernhard, Bernhard!
Und bist du krank, ich weiß es nicht,
                                erfahr es nimmermehr!
Ich will dich nie mehr wieder sehn!
                                Mutter, Mutter!
Ich will dich nie mehr wieder sehn!
                                Wirst niemals finden mich!

15.3.97
Ging immer wieder zum Einwohnermeldeamt. Alle Versuche, wieder Kontakt mit Bernd zu haben, scheiterten. Hat keine Briefe und erklärende Textsammlungen beantwortet. Aber auch nicht zurückgeschickt. Ich gab mir dreißig Jahre die Schuld. Suchte in meinen Erinnerungen und fügte ein Vergehen zum anderen. Bis ich mit fast zweiundachtzig Jahren plötzlich die Erkenntnis hatte: Hast du das verdient? Nein, so sicher nicht!

Will um meiner Ruhe willen, die ständigen Schuldgefühle abschütteln! Einmal ist´s genug!

Du fielst aus dem Nest

Fielst aus dem Nest
und hattest nicht gelernt
zu fliegen
suchtest Schutz
unter ungeeigneten Flügeln
zogst deine Jungen groß
gabst ihnen Nahrung
putztest ihr Gefieder
doch das war nicht genug

Schutz gabst du ihnen
lehrtest sie dein Leben
sahst nicht die Wirklichkeit
nur deinen Traum
breitetest Flügel über sie
versuchtest nachzuholen
was dir gefehlt
ließest nicht los
doch das war nicht genug

Kein Leben reicht
um aufzuholen
was dir einst gefehlt
du kannst nur lieben
jetzt in diesem Augenblick
lass Vergangnes ruhen
vertrau der Zukunft
vergiss das Unrecht
das dir einst geschehen
und denke
jetzt ist es genug.

Ich träume
ich besäße eine Mülltonne
sauber
braun
leer

Der Deckel öffnet sich

Unrat quillt über
ich kompostierte
lasse Saaten keimen
wurzeln

Reste bleiben
unzerstörbar
es werden ständig mehr
die Tonne fasst es nicht

Ich werde wach
Mein Kopfkissen
tränennass

Glaube

Es gibt Tage, da ist der Glaube auch schon mal mein Wegbegleiter. Aber selten, meist ablehnend. Ich bezeichne mich aber nicht als ungläubig. Nur anders glaubend. Als geborene Katholikin hat mich die Kirche zu oft enttäuscht, als dass ich in diesem Glauben Nähe, Halt oder Trost finden könnte. Da gibt es für mich Berufenere.

Schon als Kind lügen zu müssen bei der Beichte. Einmal wöchentlich Sünden zuzugeben, deren Sinn ich nicht verstand. War doch zum Gut-Sein verdammt! Ich erfand etwas und sagte anschließend: ich habe gelogen. Erleichtert bis zur nächsten Woche.

Erfuhr zu oft, abgewiesen zu werden. War nicht mehr das gläubige „Kind". Kritisch geworden, entfernte ich mich immer mehr vom nur blindlings glauben, nicht hinterfragen zu dürfen. Heute legt sich mir wie ein Panzer Kälte auf meine Brust, sollte ich noch einmal eine katholische Kirche betreten müssen. Die Klänge, der Geruch, die ganze Atmosphäre, alles würde mich an diese Hartherzigkeit erinnern, die ich immer wieder erfahren habe. Den letzten Schritt, aus der Kirche auszutreten, habe ich nicht machen können.

Fand in der evangelischen Kirche Zuwendung. Es irritierte mich zuerst, dass ich als „Sünderin" am Abendmal teilnehmen durfte, mit den Andersgläubigen Hand in Hand im Kreis zu stehen. Wurde in den Arm genommen. Ohne mich vom all zu Frömmelnden eingeengt zu fühlen.

Hier hätte ich als Geschiedene und wieder Verheiratete, mein Kind aus zweiter Ehe gewiss ohne Hindernisse bei der Taufe halten dürfen. Ohne mir vorher anhören zu müssen, dass ein Kind aus „wilder Ehe" nicht getauft würde.

Als ich bei einem Hausbesuch des Pfarrers den zwar gut gemeinten, aber für mich abschreckenden Rat bekam, beim eventuellen Sterben meines schon älteren Mannes zu sagen, dass wir nicht intim seien. Dann gäbe es keine Schwierigkeiten. Lügen, um beruhigt dem Tod entgegen sehen zu können? Ich war entsetzt!

Denn ich war mit all meinen Gefühlen immer bei meinen Mann gewesen, und deshalb wäre es mir wie ein Verrat vorgekommen. Ein Verrat an dem Mann, der mir und meinem ersten Kind in meiner

Not beigestanden hatte. Während nicht nur die Kirche, sondern auch meine Mutter mich verdammte!

Doch die Nachricht vor kurzem in der Presse, aus der Kirche auszutreten würde sofort zur Exkommunikation führen, machte mich fassungslos. Man nahm ja anschließend einen Teil zurück, aber ein Stachel blieb.

Ist denn Geld das Ausschlaggebende des Glaubens? Ich erkenne ja an, dass die Kirche einiges Soziales bewirkt, aber auch immer mit Druck und an Bedingungen verknüpft.

Ich überlegte: Wenn mir eine Regierung nicht gefällt, wähle ich eine andere Partei. Strafe muss sein. Also auf die Kirche bezogen …?

Wenn ich mich bei den Evangelen wohler fühle, warum soll ich meine Steuern nicht umleiten, indem ich zum „anderen Glauben" übertrete? Ein Glaube, der mich nie abgelehnt hat.

Gott ist für mich Gott. An keine Kirche gebunden. Und sei er wie Buddha, alles liebend, tolerant sein. Mal überlegen!

Ein neues Jahr – 2014. Ein Kreis schließt sich

Zwanzig Jahre schreiben, zwanzig Jahre intensiv gelebten Lebens. Mich selbst kennen gelernt. Mit meinen ersten Schreibversuchen 1994 hat mein Leben eine Wende genommen. Auch ein neuer Freundeskreis hat sich gebildet.

Den Anfang machte die Freundschaft mit Hubert und seiner Sicht der Dinge. Harmlos, naiv, unbefangen, liebevoll, ein netter Mensch. Zeigte eine Frau in mir, die ich nicht kannte.

Es war eine zehnjährige Freundschaft mit allen Höhen und Tiefen. Ich musste zu meiner Schande gestehen, dass ich mich lange täuschen ließ. Erst mit der Zeit fiel mir manches auf. Zweifelte dann von einem Zeitpunkt an allem, was er sagte. Vieles klang so unglaubwürdig. Er hatte mir zwar anfangs gut getan, den Anstoß gegeben, meine Sicht auf mich zu ändern. Und das werde ich ihm nicht vergessen.

Doch Zweifel kamen. Zweifel an ihm. Und nicht zu Unrecht. Ich lernte Henning kennen. Lernte das Lieben kennen. Und Ehrlichkeit. Ein schwerer Weg. Erinnere mich an Stunden und Tage ringen durch die Folgen der Kindheit und Vergangenheit von ihm und mir. Wir hatten es beide nicht leicht gehabt. Es hatte uns verlernen lassen, zu lieben. Oder erst gar nicht zugelassen zu erfahren, was Liebe ist? Ich hoffe und glaube, wir haben es beide gelernt?

Leider können wir nicht mehr den Kontakt so halten, wie wir es möchten. Doch wir können die Gewissheit haben, nichts bereuen zu müssen und nicht vergessen zu werden.

Hallo, Unbekannte!

Dachten beim Lesen über Henning einige von euch: Ist hier mein Mann gemeint? Oder: Das könnte mein Mann nicht sein, der ist treu! Oder: Der Langweiler, zu so einem Verhältnis wäre er viel zu träge. Oder: Dazu würde mehr Romantik erforderlich sein, als er jemals aufbringen könnte! Oder: Der ging doch dauernd fremd! Über so lange Zeit einer Frau diesen Alters in Treue verbunden sein? Nie! Junges Gemüse, an dem er sich dann auch noch den Magen verdirbt, das würde besser zu ihm passen.
Ich kann nur sagen, alles was ich niederschrieb, habe ich erlebt. Ich bin nicht stolz darauf, so gelebt und geliebt zu haben. Aber ich wusste, wenn nicht ich, dann wird es bei ihm sicher eine andere sein. Er will sein Herz ausschütten können, Anerkennung finden. Doch ich liebte. Endlich! Wollte ihn nicht der Gefahr aussetzen, noch unglücklicher zu werden.
Warum habt ihr ihn zurückgestoßen? Seine Veränderung zum Positiven nicht bemerkt, verhärtet im Vorurteil: Der taugt nichts. Der wird sich nie ändern! Habt ihn verzweifeln lassen. Nicht in Ruhe miteinander gesprochen. Immer wieder gesprochen. Sich anschweigen tötet Liebe.
Auch einmal loben, wo nichts zu loben ist. So lange, bis er es selbst glaubt. Und es sich dann verdienen könnte. Und überlegt mal: Warum hat unsere Verbindung so lange gehalten?
Ich habe gelernt, Geduld zu haben. Zuzuhören. Tolerant zu sein. Immer zu denken, sei dankbar für das, was du hast. Wer hat schon so viel Glück? Manchen Sturm überstanden zu haben in der festen Gewissheit, dass nichts unsere Verbindung zerstören kann. Eigene Zweifel einfach auszuhalten. Weil ich weiß, Henning hat keine.
Ich weiß, ich musste nicht den Alltag mit ihm leben. Aber glaubt mir, *vor* „der großen Liebe" habe auch ich gelebt. Und nie aufgegeben. War anstrengend, aber es hat sich gelohnt. Habe viel dafür erhalten. Kann ruhigen Gewissens zurückschauen. Habe nur das beendet, wo Liebe nie da war, oder wo sie nicht stark genug war. Wird nicht viel zu oft eine „große Liebe" dem Starrsinn, Trotz oder Stolz geopfert? Oder dem Verlangen nach Neuem? Oder um dem Alltag zu entfliehen?

Meist ist das, was sich wie eine schillernde Seifenblase präsentiert, auch nichts anderes. Zerplatzt beim ersten Windstoß.

All zu oft laufen wir einem Trugbild hinterher. Ohne den Gang in die Tiefe zu wagen, in sie einzutauchen. Sich zu fragen: Liebe ich dich noch oder nur das Echo der Erinnerung?

Die letzten Wege muss ich nun wohl meist allein gehen. Ohne dich. Doch in Gedanken immer bei dir. Ich hoffe nur, dass du zufrieden deine Wege gehen kannst, dass unser Ringen darum Früchte trägt, denn glücklich sein ist zu viel verlangt. Glück kann nur einen Augenblick dauern.

Traum: Spaziergang der Erinnerungen

Gehe am Rheinufer entlang. Flussabwärts
Hatte zuerst Bedenken, ob ich es schaffe.
Erinnere mich an frühere Spaziergänge.
Dann biege ich ab. Landeinwärts.
In einer Lichtung schaue ich nach oben.
Sehe einen Flieger und sende dir
Lichtsignale mit einem Kugelschreiber,
obwohl du neben mir bist, wie ich spüre.
Vom Flieger kommen Signale zurück.
Ich fürchte, dass deine Frau etwas merkt.
Ob sie es mitbekommen hat?
Doch du beruhigst mich.

Eine Katze
windet sich
um meine Beine
fängt meinen Blick ein
mit sphinxgleichen
grünen Augen
ihr Maunzen ein Schrei
will sie sagen
ich bin es?

Ihre Haare sträuben sich

Ihr Gesicht
reiner Zufall
deine Augen
dein Mund?

Auf dem Weg zu dir
überwindet erinnern an dich
Trauer und Schmerz
um dem Jetzt
zu begegnen

Auf dem Hügel
bedeckt
mit künstlichen Blüten
und Zweigen
steht
als letzter Gruß
das einzig Lebendige
mein blutroter Weihnachtsstern

Ich werd jung sein mit des Wassers Jugend
das fließt und fließt ohne zu ermüden
kein Hindernis kennt, stets Wege findet

Werde erst unbeweglich sein und alt
wenn mein Geist lahmt, ich nicht mehr lieben kann
ich nicht teilnehm, an dem, was geboren

Mich nicht freuen kann am Wachsen, Blühen
wenn mein Hoffen niemals mehr Samen trägt
Erst dann wird mein Leben zu Ende gehn

Inhalt

7	Ein Stückchen Papier
8	Erwarte kein Verständnis von anderen ehe du dich selbst verstehst
10	Sisyphos
11	Flickwerk
12	Eine Osterüberraschung
15	Steckbrief Peter
16	Dreiunddreißig Jahre
24	Mein zweites Leben
28	Seminare und die Folgen
31	Onkel Leo und die Auswirkungen
32	Schicksalhafte Begegnung
37	Mein fünfundsechzigster Geburtstag
39	Liebe ist gefährlich, wenn sie einfach oder schwierig ist
40	Henning I – Versuch, lieben zu lernen
42	Sommer kam zurück
43	Henning II
45	Es blieb ein Traum
46	Hubert
47	Augustmond
48	Sachverständigenbüro Waage & Glück
50	Henning III – Ich liebe
53	Sieben Steine bracht ich heim
54	Im Dunkel meiner Gedanken könnte Vertrauen mich zum Licht führen
56	Es ist nicht die Sonne
56	Sie hat viel gelitten
56	Ob es hell ist
56	Wenn du nicht fliegen kannst
57	An der Sichel des Mondes
58	Henning IV – Gefestigte Gefühle
59	Es gibt Tage
60	Hausaufgabe im Kursus: Gefühlvoll schreiben!

61	Henning verliebt
64	Eine Silhouette
65	Markus
70	Klassenkameradin Erika
73	Liebe Erika!
74	Tief innen
75	Mit dem Rücken
77	Heimkehr
78	Liebe Erika!
80	Liebe Freundin!
82	Erika – zehn Jahre später
84	Liebe Erika!
85	Ich freute mich
87	Henning
90	Der Verleger
92	Tagebuch
99	Als Kind schrieb ich Gedichte
100	Das Schreiben
102	Kunst und Zahnpflege
103	Lieber E.!
104	Hallo, du!
107	Letzte Umarmung
108	Liebe Frau Maaßen
109	Engel der Nacht
110	Freundschaften
114	Sonja
116	Mein Kaktus
117	Peter, der Traumdeuter
120	Sexueller Missbrauch
122	Angst und Schuld, Begleiter lebenslang!
125	Die geprügelte Generation
134	Die Ehefalle. Ein Indizien-Prozess
136	Musste diesen Weg alleine gehen, um zu erkennen, es hätte ein gemeinsamer sein können. Späte Antwort?
138	Warum mich mein Name begleitete?
140	Alte Wunden, alter Schmerz
141	Henning, auch ein Prügelopfer
144	Falke und Schmetterling

145	Mein 81. Geburtstag
147	Ich denke an dich
148	Warum ist dir mancher Mensch so wichtig? Fragst du, warum du zum Leben das Atmen brauchst?
150	Spiegelbild
152	Erinnerung an mich. Urlaub im Krieg als Kind
153	Ich erinnere mich
155	Jemand, der mich leider in meinem Leben nicht mehr begleitet hat
158	Du fielst aus dem Nest
159	Ich träume
160	Glaube
162	Ein neues Jahr – 2014. Ein Kreis schließt sich
163	Hallo, Unbekannte!
165	Traum
166	Eine Katze
167	Auf dem Weg zu dir
168	Ich werd jung sein mit des Wassers Jugend

Erika Maaßen, geboren 1932 in Köln, arbeitete als Versicherungsangestellte. Seit ihrer Pensionierung schreibt sie Kurzprosa und Gedichte. Im Ferber-Verlag wurden erste Gedichte von ihr in dem Band „Sechs Richtige" veröffentlicht. Sie ist in vielen weiteren Anthologien vertreten. 2011 folgte ihr Band „Alles will ich ihm erzählen. Autobiografisches". Zahlreiche Haiku erschienen in dem Band „Kastanienkerzen" und „Bunte Flusslandschaften". Sie leitet eine eigene Haiku-Gruppe, unternimmt Lesungen, allein und mit anderen Schreibern, Texte von ihr erschienen in Zeitungen und wurden in Radiosendungen vorgestellt.

Kontakt: maassenerika@aol.com

Alles will ich ihm erzählen

Autobiographisches

Erika Maassen

255 Seiten, 2011, Verlag des Biographiezentrums, 14,90 €

Erika Maaßen wirft in Geschichten und Gedichten Schlaglichter auf 80 Jahre pralles Leben. Sie erzählt von glücklichen Momenten, von Verletzungen und Enttäuschungen und zeigt, wie sie mit ungebrochenem Lebensmut immer wieder neue Wege beschritten hat. Dabei ist ihre Sprache kraftvoll, frisch und präzise, der Tonfall oft humorvoll.

„Ein Buch, das tief berührt, sprachlich unglaublich gut ist und mit einem frischen und lebensfrohen „Trotzalledem" inhaltlich überzeugt." Renate Naber, WDR 5 Literaturkritikerin

Bunte Flusslandschaften

Haiku und andere Kurzgedichte, Aphorismen

Erika Maassen, Norbert Mieck, Helga Lange u.v.a.

200 Seiten, 2016, 12,90 €

In diesem Band sind viele Haiku und andere Kurzgedichte über Gärten, Landschaften, Ethik und andere Themen zu finden. Im zweiten Teil des Bandes lassen sich viele Aphorismen und Lebensweisheiten entdecken.

Auf Silberrücken
im Dünengras Tschaikowski
bis hinab zum Meer

Im Vorspiel zum Rot
weiß aufgeschäumte Landschaft
Die Kirschblütenzeit

Wieder hat´s gekracht.
Unter´m Schnee Pfützen aus Eis.
Kalter Wintertag

Seltenes spüren

Gedichte

Ulrich Grasnick, Elisabeth Hackel, Günter Kunert, Marko Ferst, Dorothee Arndt, Charlotte Grasnick u.v.a.

268 Seiten, 2014, 11,50 €

Erleben Sie den Inkafrühling in Peru. Versunkenen ägyptischen Schätzen wird nachgespürt. Monets Garten lädt ein und dem Duft einer französischen Bäckerei folgt ein Gedicht. Der Berliner Dom spiegelt sich nicht mehr im Palast. Zahlreiche surreale Gedichte enthält der Band, vereinzelt auch gereimte. Ein Besuch bei Heine steht an, versteckt liegt sein Denkmal. Den Szenarien der Krieger geht ein Lyriker auf den Grund, von weidwundem Land berichtet ein Gedicht für die Erde. Letzte Bienenwagen kommen in den Blick, Ausflüge führen ins Känguruland. Die Sonnenpost läßt uns Entfernungen vergessen. Der vorliegende Band ist eine Gedichtsammlung des Köpenicker Lyrikseminars und der Lesebühne der Kulturen Adlershof. Gäste wurden eingeladen. Grafiken von Dorothee Arndt illustrieren den Band. Das Lyrikseminar existiert seit 1975 und publizierte bereits mehrere Anthologien.

Leseproben: www.umweltdebatte.de
Bestellung: marko@ferst.de (dt. Porto frei)

Die Ostroute

Erzählungen

Andreas Erdmann, Marko Ferst, Monika Jarju u.v.a.

256 Seiten, 2014, 16,90 €

Der Band beginnt und endet mit einer Erzählung über Wölfe. In der einen werden sie gnadenlos verfolgt, in der anderen sorgt ein Rudel weißer Tundrawölfe für arktische Jagdszenen. Andernorts kommt eine Ostroute ins Spiel. Wir erfahren mehr über das Schicksal eines jungen Rauschgiftkuriers im Iran, wie über seinen Lebensweg der Stoff der Stoffe richtet. Ein Ostseesturm sorgt für eine risikoreiche Segeltour. Von allerlei sonderbaren Abwegen weiß die Erzählung „Genervtes Anstehen für Liebe" aus Bulgarien zu berichten. Zur Sprache kommen die Erfahrungen von Heimkindern in der frühen Bundesrepublik. Grenzübertritte zwischen Ost und West und deren Folgen sind im Blick zweier anderer Beiträge. Wie man ganz legal schwarzfährt, erläutert Johannes Bettisch. Was passiert, wenn man ganz unerwartet von seinem chinesischen Firmenpartner zum Tanz aufgefordert wird?

Der Band enthält Erzählungen von Ali Amini, Johannes Bettisch, Andreas Erdmann, Marko.Ferst, Elisabeth Hackel, Karin Heinrich, Monika Jarju, Tengis Khachapuridse, Norbert Klatt, Christine Koch, Carmen Mayer, Heide Rabe, Hans Sonntag, Dimil Stoilov, Lore Tomalla, Günter Wirtz, Gisela Witte und Angelika Zöllner.